... OLTRE LO SPECCHIO
DI
MARIA GRAZIA
CATANZANI

PREFAZIONE

Lo specchio. Lo scrigno che contiene la vita riflessa, quella che affascina un po', che attrae e si teme. La superficie magica che incanta l'uomo. Forse perché ci contiene, ci svela il nostro volto che diventa finalmente visibile, e perché ci rivela che lì dietro sono racchiuse le nostre più ardite e proibite fantasie.

Lo specchio, l'altra faccia della luna, dove la luce vittima dell'ombra si contrappone all'abbagliare del sole che tutto deforma. Nello specchio, come nei sogni, c'è sempre un po' di noi stessi, la parte più intima dei nostri più intimi segreti, ma anche il profilo più vero.

Maria Grazia Catanzani ha avuto il coraggio di passare oltre, rompere la fragile ed estrema barriera, fare un passo più in là. Ha preso in mano questo oggetto magico e ha sentito la necessità di profanarlo, frantumarlo. E come con una medaglia l'ha fatto volare in aria e lasciato cadere con una casualità mai lasciata al fato e sempre sconvolgente.

La prima regola è riuscire a non essere mai prevedibile. Maria Grazia Catanzani, da brava "creatrice" della vita qual è sempre un buon scrittore, con lo specchio e attraverso esso, ha rotto gli schemi, giocato a scombinare e a sorprendere. E in questo racconto pieno di scintille sa bene stupire. Scompone l'ordine e lo ricostruisce, con una tecnica ambiziosa ma rigorosa. L'unica in grado di rimettere lei in discussione, di farla avvicinare il più possibile a se stessa. A ben vedere, più che un percorso è una camera compensazione.

In questo specchio riversa le sue passioni represse, i suoi desideri più reconditi e autentici. V'intravede la sua parte più vitale e compressa, vi coglie le sue doti migliori, per lo meno le sue qualità più istintive, innate, naturali, scevre da ogni umano condizionamento.

"Oltre lo specchio" è un romanzo dai tratti leggeri, ma non per questo inconsistenti. Tutt'altro. Ambientata fra Milano e gli Stati Uniti, la storia raccontata dalla Catanzani è diretta agli amanti del giallo: gli ingredienti ci sono tutti, racchiusi in una storia che appassiona il lettore amante della suspence. La trama è molto ricca e i personaggi sono vari intorno ai quali si sviluppa un efficace intreccio intorno allo specchio come simbolo dell'immagine riflessa che ricorre nel sogno di Bianca e i frammenti – di specchio rotto – che vengono trovati accanto ai cadaveri delle vittime. "Oltre lo specchio" ha tutte le caratteristiche per essere proposto in una collana di romanzi gialli nonché per un adattamento per lo schermo della trama.

La pioggia scivolava sui vetri in quella grigia giornata di novembre.
Angelica era appoggiata alla finestra.

Quelle brutte giornate le mettevano addosso un non so che di malinconia e di depressione, d'altronde lei odiava i mesi invernali proprio per questo.

Era tanto tempo che non metteva mano al suo diario: altre cose l'avevano tenuta occupata. Delle sue cose questa volta aveva deciso di parlarne con "persone vere" in grado anche di darle una risposta, cosa di cui, evidentemente, il suo diario non era capace.

Pensava e ripensava. A cosa?

Alla storia che proprio il giorno, anzi, la notte precedente la sua amica e collega Bianca le aveva raccontato.

Aveva dell'incredibile: lei pensava che queste storie si vedessero solo nei film alla televisione ed invece erano più reali di quanto pensasse.

Le aveva telefonato due giorni prima.

– Angelica, ciao, sono io, Bianca ··· – le disse.

– Bianca? Ma dove eri finita per tutto questo tempo ··· sono stata terribilmente in ansia per te, va tutto bene? – le chiese Angelica sorpresa di risentire la sua voce dopo tanto tempo.

Erano passati la bellezza di tre lunghi mesi da quando Bianca scomparve dalla redazione e dalla vita di tutti i colleghi, ma la più preoccupata era proprio Angelica.

Con Bianca aveva instaurato un rapporto molto forte dovuto anche al destino che le ha accomunate fin dalla nascita: e cioè quello di essere entrambe figlie adottive, della stessa età ed anche compagne di lavoro.

Anche le loro famiglie avevano costruito un ottimo rapporto di amicizia, tant'è che i genitori di Bianca avevano, tanti anni prima, chiesto consiglio ai genitori di Angelica sul come fare per adottare un bambino.

Questa sua misteriosa scomparsa, senza un apparente motivo, dal lavoro e dalla vita.

Angelica aveva più volte chiesto a Bianca, prima che sparisse, che cosa avesse, visto che si comportava in modo strano ed era sempre tesa e preoccupata anche se cercava di dissimulare tutto con il suo consueto senso dell'umorismo.

Lei si occupava di cronaca nera, argomento di cui Angelica, per scelta, non si era mai voluta occupare e Angelica intuì che questo suo comportamento derivasse proprio da un caso di cui Bianca si stava occupando.

Il caso c'era, sì, ma era ben diverso.

– Mi dici che cosa diavolo ti è capitato? – le chiese Angelica la sera prima, quando la incontrò mentre insieme uscivano dalla redazione dopo il suo ritorno.

– Hai del tempo per ascoltarmi? E' una storia molto lunga ··· – le disse finalmente e con l'aria più rilassata di chi sta per togliersi un grosso peso.

– Certo che ho il tempo. Vieni da me stasera e avremo tutto il tempo che vuoi – le disse Angelica.

Angelica era capace di ascoltare chi avesse bisogno e per questo era ammirata da tutti, colleghi e non, ma non solo per quello: era anche una bella ragazza.

Quella sera Bianca parcheggiò la propria macchina davanti a casa di Angelica, suonò e lei le aprì.

Aveva appena finito di cenare e stava aiutando sua mamma a riordinare la casa.

– Buonasera – salutò cortesemente Bianca i genitori di Angelica.

– Ciao, Bianca, mi fa piacere rivederti, come stai? – la salutò affettuosamente la mamma di Angelica andandole incontro e abbracciandola.

– Sto bene, grazie – rispose con un sorriso un po' tirato.

– Dai, andiamo di sopra in camera mia – la invitò Angelica.

– Ah ··· mamma, papà, chiunque mi cerchi per stasera non ci sono per nessuno ··· – disse ai suoi mentre saliva le scale.

Sapeva che quella sera, anzi, quella notte, sarebbe stata molto lunga.

Le sembrò di rivivere la stessa scena in cui tanto tempo prima aveva avuto un

faccia a faccia con sua cugina.
Si sedettero entrambe sul letto di Angelica e Bianca finalmente cominciò il suo racconto.

Erano le sei del mattino quando Bianca scese le scale di casa di Angelica per tornarsene a casa, però ora si sentiva più sollevata e tranquilla.
Angelica per lei era il suo "rifugio": una persona con la quale poter parlare e che aveva sempre qualcosa da dirti e consigliarti.
Era molto giovane ed apparentemente inesperta ma era il suo cuore a parlare e a renderla una donna "speciale", anche forte e determinata quando ce n'era bisogno.
Quella fu l'occasione giusta per riprendere in mano il suo diario anche perchè c'erano alcuni aspetti del

racconto di Bianca che le persone non avrebbero potuto capire.

Martedì 16 novembre 1999

Caro diario,
come mai ho aspettato così tanto per scrivere qualcosa sulle tue pagine? Beh, di cose ne sono accadute tante e anche se tu sei il mio confidente preferito, questa volta le cose che mi sono accadute ho preferito discuterle con persone "vere" che mi hanno anche dato delle risposte, cosa che tu non sei capace di fare "I'm sorry".
Siamo nel 1999, tra poco più di un mese ci sarà il cambio di millennio, vivere a cavallo di due millenni non è da tutti. E' una data importante che cercherò di vivere nel miglior modo possibile, in

pace e in armonia con me stessa, con la mia famiglia e con tutti quelli che mi circondano.

Questa volta, come l'altra, devo raccontarti una storia un po' lunga che ha visto come protagonista una mia carissima amica, Bianca, che lavora con me al giornale.

Perchè non te ne avevo parlato prima? Beh, c'erano questioni più importanti di cui parlare.

Concentrerò tutto in quest'unica data anche se so che ci vorranno alcuni giorni per scriverlo, ma è successo tutto questa notte.

"... Era lì, davanti a me, con l'aria di chi volesse interrogarmi.

Sapevo benissimo cosa volesse sapere da me, ma doveva essere lui a cominciare il suo racconto, la sua versione dei fatti.

Credeva che io fossi una sprovveduta, così mi alzai dalla sedia di fronte alla grande scrivania nera che ornava il suo ufficio, andai dietro al tavolo e mi misi in piedi davanti a lui con le mani sui fianchi attendendo una sua parola. Certo, i suoi grandi occhi verdi, i suoi capelli neri, la sua bocca grande, il suo corpo possente, il suo viso squadrato e perfetto, troppe volte mi avevano fatto sognare. Ah! Come ero stata stupida, solo ora me ne rendevo conto. Gli chiesi cosa volesse sapere da me, tanto ormai giocavamo a carte scoperte, nessun sotterfugio avrebbe potuto evitare questa partita finale. D'altro canto solo noi due sapevamo come erano andate le cose, quali erano le regole del gioco e nessun altro avrebbe potuto interferire.

- Lo so cosa vuoi da me, che ti chieda perdono in ginocchio così che tu possa assaporare la mia sconfitta e coprirti di gloria di fronte agli altri, soprattutto di fronte alla polizia che, se non lo hai già fatto, chiamerai non appena io avrò finito di parlare. Piccola mia, l'avevi studiata bene la tua parte. Comunque non ti voglio deludere, tanto non potrai certo raccontarlo a nessuno, ti do la tua ultima soddisfazione... Anzi, no, ho cambiato idea, non voglio farti fuori come ho fatto con lei, ma voglio vedere fino a che punto arriva la tua "sete di giustizia". Ebbene sì, quella rompiscatole l'ho uccisa io, continuava a dirmi che dovevo smetterla di usare quella roba se non volevo finire male e così l'ho fatta finita, con lei.-

Mentre parlava mi convincevo sempre di più di avere di fronte un pazzo criminale, non riuscivo a credere alle mie orecchie: Sylvia aveva scoperto che il nostro datore di lavoro faceva uso di droghe e voleva aiutarlo ad uscirne, aveva fatto anche il maledetto errore di innamorarsi di lui.

– E così tu l'hai uccisa soltanto perchè voleva aiutarti? – gli dissi con il viso che non tradiva la minima emozione, ma con il cuore gonfio di dolore.

– Sì, e ora che lo sai per certo sarai soddisfatta. – Si alzò dalla sua poltrona, mi prese per un braccio e mi portò a forza fuori dall'ufficio.

– Ora usciamo come se niente fosse, non dire nemmeno una parola, altrimenti ... lo sai cosa ti succede! –

Uscimmo dalla porta e incrociammo gli altri nostri colleghi di lavoro. Andrew era dietro di me, mi teneva per un braccio e sorrideva. Io guardavo gli altri come per chiedere aiuto, ma tutti rispondevano solo ai sorrisi di Andrew.

Appena aperta la porta d'ingresso un signore dall'aria molto sicura di sè si rivolse ad Andrew.

– E' lei il signor Andrew Molton? – chiese l'uomo molto educatamente.

– Sì, sono io, desidera? – rispose lui pacatamente.

Prima di replicare l'uomo tirò fuori dal taschino un distintivo della polizia.

– Mi segua alla centrale, per favore! –

Andrew si sentì perso, non sapeva cosa fare, quando una mano mi prese e mi tirò dentro: era Antony che aveva chiamato la polizia e mi stava salvando dalle grinfie di quel mostro!

Lui sapeva tutto. Ma chi glielo aveva raccontato?

– Chi te lo ha detto? – gli chiesi con l'aria soddisfatta e stupefatta.

– Andrew. Lui mi ha detto sempre tutto, si fidava di me, ma stavolta non sopportavo che ci andassi di mezzo tu, sei una persona meravigliosa e non voglio che qualcuno ti faccia del male. Una sera ci siamo ritrovati a cena e parlando mi ha raccontato questo fatto orribile raccomandandomi di non dirlo a nessuno, purtroppo, sapendo che faceva uso di droghe e, soprattutto, non sapendo che sostanze fossero, non potevo contrastarlo per paura di una sua reazione violenta, non tanto per me, ma per la mia famiglia. Mi teneva in pugno, mi ricattava. Diceva che se avessi raccontato ad anima viva cosa facesse, avrebbe fatto del male ai miei genitori e, soprattutto a mia sorella. –

– Dio mio! Era proprio un mostro! – dissi in preda allo sconcerto più totale dopo quel racconto terribile."
Deborah.
Chiusi il diario e lo appoggiai accanto a me sulla panchina del parco su cui ero seduta. Guardai l'orologio e mi accorsi che ero lì a meditare e a scrivere da oltre un'ora. Alzando la testa vidi un'anatra che passava davanti ai miei occhi galleggiando lentamente sul laghetto.
Quella storia vissuta qualche giorno prima mi aveva praticamente sconvolto l'esistenza.
D'altro canto l'unico modo che avevo per sfogarmi era il mio diario: i miei

genitori non sarebbero stati in grado di comprendere, anche se gli era fin troppo chiaro che fino a qualche giorno prima avevo avuto a che fare con un pazzo omicida.

Sono stata sempre dell'idea che queste cose accadessero soltanto nei film in televisione, mi sono dovuta ricredere. A mie spese.

Ripresi il mio diario e ricominciai a scrivere. Erano parecchi giorni che non scrivevo più nulla, presa com'ero stata dagli avvenimenti.

19 febbraio 1995

"Caro diario,

presa dagli eventi non ti ho raccontato tutta la storia. Mi rifaccio subito: ero appena uscita da una vera e propria tragedia, Sylvia, la mia più cara amica era stata violentata e uccisa da uno sconosciuto. Per me fu un dolore grandissimo perchè, oltre che una mia collega di lavoro, era anche la

mia unica amica. Il clima, anche in ufficio si era fatto molto pesante e, dal direttore agli impiegati, erano tutti molto tristi, o, almeno, così davano a vedere. La mia storia invece è cominciata un giorno nell'ufficio di Andrew: il nostro direttore. Che sporco doppiogiochista! Lui non c'era. Stavo cercando un documento che lui mi aveva detto di prendere e di spedire a Los Angeles. Non trovandolo sopra la scrivania aprii il primo cassetto e vidi un flacone di pillole e sotto, una foto di Sylvia con Andrew. Sylvia si era innamorata di lui. A dire il vero io avevo anche un pizzico di invidia nei suoi confronti: un bell'uomo come Andrew avrebbe fatto gola a qualsiasi ragazza. Un giorno però Sylvia venne da me e mi confidò che Andrew faceva uso di droghe, lo aveva visto prendere delle pillole una sera che era uscita con lui e lui le aveva detto che erano per la sua allergia al polline. Le sembrò strana l'allergia al polline nel mese di Gennaio! Mi aveva anche raccomandato di non dirlo a nessuno, doveva rimanere un nostro segreto. E così fu. Mi ricordai così delle pillole che avevo trovato nel cassetto della sua scrivania. Lessi il nome sulla scatola e lo annotai su un foglio. Andai poi da un mio amico che è medico legale e mi disse che quel farmaco era a base di anfetamine. Questo mi sconvolse perchè mi spiegò che le anfetamine possono provocare comportamenti molto violenti su chi ne abusa, fino

ad uccidere. Non potevo certo rimanere
impotente sapendo queste cose. Sicuramente aveva le ore contate.
Non potevo crederci: Andrew aveva violentato e ucciso la mia più cara amica! Lui che per me era stato l'unica occasione di lavoro che avevo avuto e di cui mi ero anche io quasi innamorata! Le poche volte che eravamo usciti insieme non aveva dato segni di squilibrio di nessun tipo, evidentemente non faceva ancora uso di quella roba. Ma perchè? Aveva tutto dalla vita: una azienda avviata, soldi ... ma, ecco cos'era: i suoi problemi con le donne. Il mio amico medico legale infatti mi spiegò che quelle sostanze consentono maggiori prestazioni con le donne, sì, insomma, un po' come gli anabolizzanti per gli atleti.

Ecco perché a me non aveva mai osato chiedere nulla.

Mentre meditavo, Andrew entrò prepotentemente nel mio ufficio. Io feci finta di niente e mi disse: – Vieni nel mio ufficio, ti devo parlare! –

Perchè mai dovevo andare da lui, avremmo potuto benissimo parlare da me.

Ah! Sì, il profumo! Si era accorto che qualcuno aveva messo mano nel suo cassetto e di conseguenza aveva visto il flacone. Aveva sentito il mio profumo sulla maniglia. Conclusa allora che solo io potevo aver scoperto il suo "segreto" e di conseguenza anche che era lui l'assassino di Sylvia.... Il resto lo sai già."

Deborah".

Bianca chiuse il libro che stava leggendo. Dai libri che leggeva traeva sempre degli

insegnamenti. A lei piacevano molto i romanzi: era proprio per questo che lo aveva scelto, si alzò dal divano e guardò fuori dalla finestra.
Aveva appena smesso di piovere.
La aprì e respirò a pieni polmoni l'aria pulita, come lavata dalla pioggia. Quella stagione era piuttosto incerta: maggio inoltrato ma non ne voleva sapere di far caldo. Lei trascorreva le sue giornate lavorando e nei momenti di relax, come questo, si sdraiava sul divano in compagnia di un buon libro. Il suo lavoro di giornalista che svolgeva presso il "Corriere (della Sera)" di Milano e per il quale si occupava di cronaca, andava a gonfie vele ma non per questo si considerava una "arrivata", anzi, era sempre in cerca di nuove esperienze. Scelse

quel libro proprio perchè parlava di una ragazza come lei che avrebbe voluto fare la giornalista da grande, nella speranza anche di cogliere qualche consiglio, qualche insegnamento. Al di là del suo carattere molto sicuro di sé, lei era una che sapeva ascoltare molto e sapeva trarre il meglio anche dalle sue letture.

Non era il primo libro che leggeva di questa autrice americana. Le piaceva il suo stile, il suo modo di esprimere certe emozioni e stati d'animo.

Dalla biografia in coda ai libri si leggeva che questa autrice era di origini italiane, ma né il suo

nome, né il suo cognome ne davano testimonianza, infatti erano entrambi stranieri. "Probabilmente avrà avuto qualche lontano parente italiano, in America ce ne sono talmente tanti". pensò Bianca.

Si alzò dal divano e andò a prendersi un succo di frutta, sentì lo squillo del telefono. Con il bicchiere in mano si diresse verso il telefono. La voce dall'altro capo del filo la distolse definitivamente da tutti i pensieri in cui era assorta in quel momento. Era il suo capo servizio che la sollecitava a realizzare un servizio molto importante per il giornale. Si stava infatti occupando di un importante uomo d'affari milanese coinvolto in un giro di traffici illeciti. Siamo nel bel mezzo di Tangentopoli ed erano molti gli uomini d'affari che vi erano coinvolti, ma non tutti erano stati ancora scoperti.

Quello di cui avrebbe dovuto occuparsi Bianca era uno dei "pezzi da novanta", si chiamava Antonio Enero.

Quando le fu affidato questo incarico Bianca era titubante e dubbiosa, ma con il suo capo era vietato discutere.

Lui la conosceva bene, era una delle sue migliori giornaliste: ce l'avrebbe fatta e basta.

La Enero Computers, così si chiamava l'azienda, da poco era quotata in Borsa ed aveva ottenuto grandi risultati grazie alla "intraprendenza" del suo proprietario, nonche' amministratore. Si era fatta un nome, prima in campo nazionale, ma stava facendosi strada anche all'estero, con il quale aveva da poco messo in piedi un giro d'affari non indifferente. Andava bene soprattutto negli Stati Uniti, ma anche in Europa stava "rosicchiando" quote di mercato ad altre aziende fino ad allora considerate leader nel settore.

Antonio Enero aveva cominciato la sua attività in un piccolo ufficio di quella che poi sarebbe diventata la "sua" azienda e che allora si chiamava Alter Informatica, dove svolgeva dei piccoli lavori di elaborazione dati e dai suoi superiori non era considerato granché. Aveva ottenuto quel lavoro grazie all'interessamento di suo padre, un operaio in una fabbrica conserviera del sud, che era arrivato quasi a dar fondo alle magre risorse della famiglia per "fare in modo" che suo figlio avesse questo lavoro.

La madre era casalinga e la sua famiglia viveva solo dello stipendio, non elevato, che il padre percepiva. Antonio aveva un fratello, Angelo, del quale non si sapeva molto, si sapeva solo che un bel giorno, esasperato dalla magra vita di famiglia, partì e, come tanti altri emigranti come lui, andò a cercare fortuna in America.

Non avendo titoli di studio né risorse economiche si concesse a "guadagni facili" operando in una organizzazione poco pulita, ma che si serviva di prestanome per i suoi loschi traffici e ne usciva
sempre pulita e con tutti gli onori.

Antonio si presentò in ufficio con suo fratello Angelo e lo presentò al suo capo come il direttore di una grande multinazionale americana dell'informatica e con il quale «avrebbero potuto fare grandi affari» gli disse testualmente.

Questa azienda produceva microchips, le memorie dei computers ed Angelo gli propose un acquisto di questi piccoli componenti per una cifra che al signor Barbieri parve subito vantaggiosa.

Paolo Barbieri, il capo di Antonio, viveva in una bella casa appena fuori del centro di Milano. Lui, al contrario del suo dipendente aveva costruito la sua azienda lavorando seriamente e con dignità, conquistandosi i favori della gente e di tutto il settore nel quale egli operava. Sotto la sua gestione la Alter Informatica non era una azienda con grandi ambizioni espansionistiche, ma si accontentava di far bene il proprio lavoro e di avere clienti, anche se non in gran numero, di provata qualità e serietà. Con sua moglie Sonia e suo figlio Andrea erano una famiglia stimata e rispettabile.

– Sonia, stasera credo che farò un po' più tardi del solito, mi ha telefonato un

collega e debbo aspettarlo, abbiamo appuntamento qui in ufficio, a più tardi.-
- Va bene, ti aspetto, ciao -
Paolo Barbieri aveva appuntamento con Vittorio ed
Antonio Enero. Avrebbero dovuto parlare di affari.
Erano quasi le otto di sera ed anche l'ultimo impiegato era uscito da pochi minuti salutando Paolo.
Mentre questi usciva dall'ingresso principale vide entrare due persone, una delle quali aveva una valigetta in mano. Si chiese che cosa facessero queste due persone a quell'ora in azienda.
«Saranno qui per parlare con Paolo» pensò. Prese la macchina e se ne andò a casa.
Era venerdì, l'ultimo giorno lavorativo della settimana e in ufficio stavano per arrivare gli impiegati. Stella,

la donna delle pulizie che da anni prestava servizio alla Alter, cominciò il suo giro per gli uffici e l'ufficio di Paolo era sempre l'ultimo perchè all'ultimo dei tre piani del palazzo ed in fondo al corridoio.

Arrivata vicino alla porta si sorprese trovandola accostata. Paolo Barbieri era solito chiuderla a chiave quando lasciava il lavoro: solo lei aveva una copia della chiave e Paolo si fidava ciecamente di lei.

Aprì la porta. Paolo era riverso sulla scrivania. Si avvicinò pensando che, magari, avesse fatto tardi la notte precedente e si fosse addormentato.

Gli poggiò una mano sulla spalla e lo scosse per svegliarlo, ma non dava segni di vita. Gli guardò il volto e vide che aveva gli occhi sbarrati.

Immediatamente si mise le mani davanti alla faccia cacciando un urlo.
Paolo Barbieri era morto.
La prima cosa che la donna ritenne giusto fare, se pur presa dal panico, fu quella di chiamare la moglie.
Sonia accorse dopo aver accompagnato il figlio a scuola e al quale non aveva detto ancora nulla.
Chiamò una ambulanza e la polizia perché la morte del marito le apparve piuttosto strana.
Stando al primo esame dei medici la morte era avvenuta per cause naturali: arresto cardiaco.
– Suo marito aveva problemi cardiaci? – le chiese l'agente di polizia.
– Sì, però li teneva costantemente sotto controllo con farmaci e con controlli medici periodici. La causa della morte però non è questa, la prego, mi

prometta che scoprirà la verità – supplicò lei.

– Non si preoccupi signora, già dall'autopsia potremo chiarire qualcosa.– la rassicurò l'agente.

Sul luogo del delitto era stato trovato qualcosa che alla polizia parve strano: frammenti di uno specchio rotto.

Alle 11 in punto Alexandra aveva un appuntamento con il suo editore per fargli leggere la sua ultima opera. Quella mattina si era alzata presto ed aveva fatto la sua consueta ora di corsa. Aveva acquisito questa abitudine dopo che si era trasferita a Miami, in uno dei quartieri più esclusivi, vicino al mare.

Quasi mezzo milione di abitanti. L'area metropolitana comprende anche Miami Beach, sulla costa meridionale della

Florida di cui è il centro principale.

Alexandra amava Miami per il clima e per i tanti turisti di tutto il mondo che la visitavano ogni giorno. La città non è di origini molto antiche. Fondata intorno al 1870 nei pressi di un forte, eretto all'epoca della guerra contro gli Indiani Seminole: in quel luogo, sempre pieno di turisti, anche Alexandra andava qualche volta con i suoi amici. Il comportamento degli americani contro gli indiani era l'unico aspetto di quel paese in cui viveva che non le era mai piaciuto.

Cominciò poi il boom del turismo negli ultimi anni dell'ottocento. Dopo il 1920 la città cominciò ad assumere un aspetto molto simile all'attuale, sviluppandosi vertiginosamente. Divenne così, in breve, una delle più grandi e lussuose stazioni balneari e climatiche del mondo. Collegata strettamente all'America del sud, viene infatti chiamata "la porta dell'America Latina". Tra le tante attività che vi si svolgono è molto fiorente l'attività del settore dell'abbigliamento: aspetto molto amato anche da Alexandra che ama molto fare shopping nei negozi della città.

Quella caldissima mattina di luglio il sole picchiava forte sulla spiaggia di Miami.

Alexandra, appena tornata dalla sua consueta ora di corsa era affacciata al balcone della sua residenza che dava sulla spiaggia.

Guardava la gente che cominciava ad affollare il litorale.

Il sole. Sì, proprio quel grande disco giallo nel cielo azzurro.

Un bambino, sulla spiaggia, stava costruendo il suo castello di sabbia. ogni tanto faceva avanti e indietro sul bagnasciuga per prendere sabbia bagnata. Ogni tanto guardava il sole strizzando gli occhietti e gli brontolava qualcosa: forse gli asciugava la sabbia troppo in fretta? Chi lo sa.

Poco lontano da lui una ragazzina, probabilmente sua sorella, a giudicare da come lo sgridava perchè le gettava addosso un po' di sabbia.

Lei era sdraiata su un asciugamano e nervosamente si rigirava da un lato all'altro perchè, visto che non era ancora molto abbronzata, si spalmava continuamente di creme per affrettare il colorito. L'intenso calore del sole però la rendeva nervosa.

Improvvisamente si alzò e si gettò in acqua per

rinfrescarsi. Vicino a lei, la madre. Un signora dai capelli visibilmente tinti di biondo e dalla vita abbondante. Era seduta su una sdraio e aveva un libro semichiuso in mano: quel sole così forte le impediva di leggere e concentrarsi.

Completava questo bel quadretto familiare il padre. Guardò il sole cercando di fissarlo e gli parve poi di vedere macchie rosse nel cielo blu a giudicare da come si stropicciava gli occhi infastidito. Si rigirò sul lettino. Era bello grassotto anche lui.

Alexandra fece un sorriso distogliendosi da quella vista e rientrò in casa.

Quello era il suo luogo ideale per lavorare, la ispirava in maniera particolare. La mattina si alzava alle sette e faceva un'ora di corsa e, dopo una doccia, si metteva al lavoro.

Si tolse i vestiti che indossava e corse sotto la doccia: erano le dieci e mezzo ed ancora era in quello stato. Al ritorno si era fermata anche in un supermercato a fare la spesa, aveva incontrato una sua amica ed avevano fatto un po' di strada insieme chiacchierando: non si era accorta di aver tardato tanto. Ora doveva sbrigarsi se non voleva far aspettare il suo editore.

Lui era un tipo che teneva molto alla puntualità.

Per quell'appuntamento scelse un vestito bianco lungo ed ampio e dei sandali dorati. Raccolse i capelli in una coda sulla nuca e diede un tocco leggero di trucco. La temperatura di Miami, soprattutto in quel periodo, non permetteva di vestirsi troppo: c'erano almeno quaranta gradi all'ombra ed anche lavorare era difficile.

Alexandra non spendeva troppo tempo davanti allo specchio. Una delle ragioni per le quali se ne era andata da New York per andare a vivere a Miami era proprio perché la madre la esasperava dicendole che doveva curare di più il suo aspetto. Già Madre Natura era stata molto generosa con Alexandra fin da quando era bambina, poi la convinzione, quasi un'imposizione della madre, che lei doveva essere sempre bella e di lì i primi interventi di chirurgia estetica. In principio tutte queste attenzioni la facevano sentire importante e la gratificavano poi, quando cominciò a capire che questa esasperazione della bellezza non era altro che un segno di debolezza, decise di darci un taglio e un bel giorno lo disse in faccia a sua madre che si infuriò con lei. Da lì la decisione di "cambiare aria". Prese il suo libro, scese in garage e con il telecomando aprì la porta per uscire con la macchina. In quel momento fu fortunata a non trovare molto traffico anche se la sua casa editrice non era molto lontana dal luogo dove abitava.

Arrivò davanti al palazzo in cui aveva sede la casa editrice, guardò l'orologio: le undici meno cinque. Tirò un sospiro di sollievo, aveva fatto una corsa incredibile. Entrò nel palazzo. L'accolse il fresco dell'aria condizionata e non poteva che farle piacere: fuori era un vero inferno!

Uno stuolo di segretarie ed impiegate entravano ed uscivano dai vari uffici disseminati ovunque.

Prese l'ascensore: ottavo piano, lì era l'ufficio del suo editore. Stevenson

Publisher (o Publishing): la casa editrice che pubblicava le opere degli scrittori più importanti della Costa Est americana.
Robert Stevenson da oltre vent'anni era titolare indiscusso di questa prestigiosa casa editrice. Quando la acquisì dal precedente proprietario era sull'orlo del fallimento con pubblicazioni di opere di infima categoria: negli ultimi tempi si era ridotta a stampare giornaletti pornografici nella speranza di conquistare qualche lettore in più. Ovviamente l'"esperimento" non riuscì fino a che non arrivò questo, allora più giovane, newyorkese, pieno di ambizioni e progetti, ma soprattutto di soldi, che, nel giro di pochi mesi "rifece il look" a quella casa editrice che aveva perso lo smalto. Prima di approdare a Miami

era professore all'università di New York dove insegnava letteratura, in particolare teneva corsi di scrittura creativa. Fu lì che conobbe Alexandra, frequentava uno dei suoi corsi.

La porta dell'ascensore si aprì e la segretaria le andò incontro.

- Miss Summer, Mr. Stevenson la sta aspettando -

- Grazie - rispose Alexandra con un sorriso cortese.

In quel momento le squillò il telefonino che aveva nella borsa.

- Sì -

- Ciao, sono io, scusa se ti disturbo, ma volevo chiederti se stasera potevi accompagnarmi ad un party -

- Sì, volentieri, però non vorrei fare tardi. Domani sono molto impegnata con il lavoro – gli rispose cortesemente.

– Non ti preoccupare, torneremo presto, anche io sono impegnato in palestra ... Grazie e, a stasera –

– Ciao – lo salutò lei.

Era David, un ragazzo che aveva conosciuto, poco dopo il suo arrivo a Miami, durante una delle sue corse mattutine sulla spiaggia.

Erano circa le sette e trenta del mattino e lei era appena uscita di casa.

A quell'ora molte persone come lei correvano sulla spiaggia, evidentemente era una abitudine da quelle parti, come a New York era quella di correre al Central Park.

Diversi metri avanti a sé vide un ragazzo che correva anch'esso. Fece ancora pochi metri e lei vide che questo ragazzo si stava accasciando a terra. Lei affrettò la corsa e gli si avvicinò poggiandogli una mano sulla spalla.

– Si è fatto male? –

Appena lui alzò il viso, Alexandra fu stregata dalla sua bellezza.

Nonostante le smorfie di dolore che gli contraevano il viso era un ragazzo bellissimo.

Doveva concentrarsi su quel "pronto soccorso".

– Se devo essere sincero ⋯ sì – le rispose lui.

– Venga, l'accompagno a casa così metterà subito del ghiaccio sulla caviglia – gli disse aiutandolo ad alzarsi.

– Si appoggi a me – gli prese il braccio e lo

appoggiò sulle sue spalle e con il suo braccio gli cinse la vita.

Ci si vedeva proprio abbracciata a quell'angelo!

– Io non abito qui vicino, sono venuto in macchina per correre sulla spiaggia –

– Non importa, andremo a casa mia, è qua vicino –

– Grazie – le disse mentre camminava a stento appoggiandosi a lei.

Appena arrivati lo fece sdraiare su un lettino che aveva sul terrazzo.

– Aspetti, vado a prendere il ghiaccio –

Tornò con il ghiaccio e con una cassetta del pronto soccorso.

Appena gli posò il ghiaccio sulla caviglia il bel viso di lui si trasformò di nuovo in una maschera di dolore. Non appena fu passato qualche minuto, però, si rilassò sdraiandosi di nuovo.

– Lo so, fa tanto male, ne so qualcosa mi è capitato diverse volte. So quello che prova. A proposito, stiamo parlando da un pò e non so neanche come si chiama –

– David Weiss, e lei? –

- Alexandra Summer, piacere - gli disse porgendogli la mano.
Lui gliela strinse cortesemente, ma si scambiarono uno sguardo che la diceva molto lunga.
Gli tolse il ghiaccio dalla caviglia che già era un po' meno gonfia.
- Ora sentirà un po' male, però è un metodo che funziona sempre. -
Prese un pomata contro i traumi e gliela spalmò sulla caviglia: cominciò a massaggiargliela.
Al primo tocco lui cacciò un urlo.
- Lo so che fa tanto male, ma farà meno male dopo -
Poi prese una benda e gli fasciò la caviglia.
- Ok, ora può rilassarsi, ho finito -
- Diamoci del tu, ti dispiace? - le disse lui.
- No, per carità, anzi ⋯ - rispose lei

- Scusami se ho urlato prima, piuttosto debbo ringraziarti per tutto quello che hai fatto per me -
- Di nulla, ora però ti consiglierei di startene un po' a riposo, non devi forzare la caviglia, passerà prima -
- Come potrò mai sdebitarmi? -
- Qualche bella corsa insieme sulla spiaggia la mattina presto basterà! -

Alexandra lasciò il libro al suo editore il quale promise che lo avrebbe visionato nel più breve tempo possibile.
Uscì dall'ufficio, prese la macchina e decise che il resto della giornata lo avrebbe dedicato a se stessa: prendere il sole, ma prima fare un pò di shopping anche in vista della serata che avrebbe dovuto trascorrere con David.

Tra loro intanto era nato un bel rapporto. Lui era il proprietario di una delle palestre più esclusive
di tutta Miami. Accoglieva la gente più in vista, ma lui amava tenersi in forma anche con delle corse sulla spiaggia come quella durante la quale aveva conosciuto Alexandra.

Durante il suo giro di spese in città Alexandra decise di andare a salutare David in palestra, infatti quella mattina non si erano visti per la corsa.

Una grande insegna blu con scritto "Albert Weiss Fitness" indicava l'ingresso della palestra al piano terra di un palazzo di 22 piani. Appena entrata la colpì il modo in cui era arredato l'ambiente.

Un ingresso ampio e molto luminoso, piante, un angolo bar dove venivano servite esclusivamente bevande salutiste, ma c'era anche qualcuno con una coppa di champagne in mano: evidentemente anche loro si permettevano qualche "divagazione".

Alla receptionist chiese dove poteva trovare il signor David Weiss e lei, cortesemente, la accompagnò verso il reparto in cui si faceva ginnastica con gli attrezzi.

Oltre ad esserne il proprietario, David era anche istruttore ed in quel momento stava seguendo un ragazzo che eseguiva degli esercizi su una panca.

– Chi è Albert Weiss? – gli chiese con un sorriso, cogliendolo di sorpresa.

Lui si voltò e le sorrise a sua volta, sorpreso di vederla lì.

– E' mio padre. Io ho rilevato la sua attività.

Pensa, quando lui cominciò lo faceva nello scantinato di casa nostra! –

– Ne ha fatta di strada – disse Alexandra guardandosi intorno compiaciuta.

– David, vieni un momento ti devo parlare … – gli disse un suo collega avvicinandosi a lui e salutando Alexandra con un cenno del capo.

– Scusami Ale, torno subito – e si allontanò con lui, ma non tanto perchè Alexandra non potesse vederli. In un angolo discutevano in modo molto animato e lei li scrutava con la coda dell'occhio. Anche se non poteva sentire cosa si stessero dicendo, capiva dai loro modi di fare, soprattutto da quello di David, che c'era qualcosa che non andava.

Finita la discussione, lei distolse lo sguardo facendo finta di niente e vide che lui, mentre si avvicinava a lei stava ripristinando il sorriso.

Lei si rese conto che quel sorriso era solo una espressione forzata del suo viso: era infatti teso e preoccupato per qualche motivo che lei non conosceva.

La permanenza di Bianca alla Enero Computers non sarebbe dovuta durare più di tanto per non insospettire nessuno, soprattutto il diretto interessato.

Questi erano gli "ordini" che le aveva impartito il suo direttore.

Così lei si diede subito da fare. Attraverso il suo computer controllava tutti i movimenti dell'azienda: magazzino, arrivi, partenze, fatture e tutti i documenti di trasporto. Dai documenti però risultava tutto in perfetta regola.

Era tutto "troppo" perfetto.
Con il suo telefono cellulare, per il timore di essere "intercettata" da qualcuno all'interno dell'ufficio, chiamò un suo amico esperto di computers, Pietro Sedini, trent'anni, alcuni dei quali passati in prigione per truffa attraverso i computers. Si collegava con i computers delle banche e, poco a poco, trasferiva soldi sul suo conto, soldi degli altri, naturalmente. Era un giochetto che gli aveva fruttato un bel gruzzolo.
Ora non faceva più di queste cose, ma senz'altro ricordava ancora qualcosa del suo "lavoro". Almeno così Bianca sperava.
Lei lo conobbe quando, a suo tempo, si dovette occupare del suo caso per il giornale.
Lui aveva un carattere molto estroverso e si

presentava a tutti come un "uomo d'affari". Quando gli chiedevano di cosa si occupasse lui rispondeva «transazioni bancarie». Sì, dei soldi degli altri sul suo conto.

Era un "ladro telematico" e diceva che i soldi lui non li aveva mai toccati. Era vero, effettivamente non aveva mai toccato una banconota, però aveva tre macchine sportive costosissime, un appartamento in

centro a Milano, due camerieri e un cane.

Durante un controllo di routine della Guardia di Finanza, agli agenti cominciò a venire qualche dubbio che un semplice operaio che assemblava pezzi di computer potesse permettersi tutto ciò con il suo stipendio.

Da lì partirono gli accertamenti e dal suo

computer venne fuori tutta la sua "attività".

Bianca suonò alla porta di casa sua.
Nel frattempo era uscito di prigione e, non si sa come, era riuscito a mantenere le sue costose abitudini.
«Il lupo perde il pelo ma non il vizio» pensò Bianca quando un cameriere le aprì la porta e la invitò ad accomodarsi.
Un ampio ingresso luminoso con due grandi finestre dai vetri sapientemente colorati di azzurro che si intonavano perfettamente
all'arredamento: un tavolo laccato bianco sulla parete di sinistra, un grande specchio con la cornice dello stesso colore e due poltroncine con la tappezzeria a righe azzurre.
In quell'ambiente, anche se il tempo fuori era grigio, il

cielo era perennemente sereno.

A terra, al centro, dominava il pavimento di marmo bianchissimo, un tappeto persiano dove il colore dominante era l'azzurro con fiori e screziature bianche.

Scesero quattro gradini e davanti a lei si aprì un salone dove invece a dominare era il giallo ocra, dalla tappezzeria, alle pareti, ai disegni sui vetri.

«Bisogna riconoscere che ha degli ottimi gusti, però» pensò Bianca.

Lui arrivò vestito con un completo leggero giacca e pantalone grigio.

– Bianca, quanto tempo – le disse andandole incontro abbracciandola e baciandola sulle guance.

– Come hai fatto ad uscire di prigione e a mantenere tutto questo? – gli chiese Bianca.

- Ora ho messo la testa a posto ed ho una azienda di import export che va a gonfie vele -

- Vedo, vedo ⋯ - disse lei guardandosi intorno e guardando lui con occhiate che la dicevano lunga sui suoi pensieri.

- Di cosa hai bisogno? - le chiese lui.

- Vedi, lo so che ora fai il bravo, però mi servirebbe la tua esperienza con il computer -

- Tesoro, lo sai che ho smesso! -

- Senti, a me non la racconti giusta. Su, fai il bravo bambino -

- E che cosa ci guadagno? - le chiese. Lei si aspettava una domanda simile. Lui non faceva mai nulla per nulla.

- Comunque, il mio silenzio! Più di questo? - gli disse lei allargando le braccia e guardandosi intorno.

- Ma quale silenzio? Ora ho smesso, te l'ho detto ···-
- Sì, va bene, ho capito ··· - disse lei rassegnata.
- ··· per te però posso fare una eccezione - le disse in tono compassionevole.
- Ah, ecco, grazie per la tua magnanimità -
- Cosa dovrei cercare? - le chiese accomodandosi su una poltrona davanti ad una scrivania con un computer avveniristico.
- Dovresti collegarti con il cervellone dell'ufficio di Antonio Enero della Enero Computers e vedere cosa viene fuori. -
- Chi? Quel figlio di buona donna che mi ha fatto finire in galera? -
- Sì, proprio lui. La sua attività è poco chiara -
- Bene, sarà un immenso piacere per me restituirgli il favore che mi ha fatto! -

- Sembra che abbia degli enormi profitti non proprio limpidi -
Si mise all'opera sul suo terminale. Le sue mani volavano letteralmente sulla tastiera.
Era la disonestà fatta persona, ma c'era da riconoscere che di computers era un vero esperto. In quattro e quattr'otto, non si sa come, riuscì a collegarsi con il computer dell'ufficio di Antonio Enero: per lui password e codici di accesso non esistevano.
- Che vuoi sapere? -
- Puoi vedere i suoi movimenti bancari? -
- Certo, subito -
Lei lo guardava e non riusciva a credere a quello che vedeva: numero di conto, importi, saldo, una somma da capogiro: oltre 30 miliardi.

– Fammi vedere i dettagli – gli chiese.

Lui premette un tasto e comparve una intera schermata con i versamenti fatti negli ultimi mesi. Notò allora che le date dei versamenti erano le stesse per tutti i mesi ed anche le somme versate: 800 milioni, ma non era il 27 del mese e quello non era certo il suo stipendio.

– Fammi vedere, se puoi, la situazione economica dell'azienda –

– Certo signora, si accomodi ··· –

Altro tasto, altra videata: 10 miliardi, ma davanti a quella cifra c'era un bel segno meno!

– Cosa? Ha un buco di 10 miliardi e sul suo conto versa 800 milioni al mese? Però ··· Stavolta becco una promozione. Puoi stamparmi le ultime due videate, per favore? –

- Sì, certo, ma ricordati, sono documenti riservatissimi e ricorda anche di fare il mio nome alla Guardia di Finanza quando glieli farai vedere! - si preoccupò lui.
- Stà tranquillo e ⋯ a buon rendere! - lo salutò.
Lui, dopo la sua "disavventura" con il fisco collaborava con le fiamme gialle.
"Si parla meglio con le mani libere che con le manette ai polsi" diceva. E così la Guardia di finanza si avvaleva della sua "preziosa collaborazione" ed in cambio gli lasciavano svolgere la sua attività, anche se non era certo candido come un agnellino.

Le spiagge erano gremite di bagnanti e gli alberghi

registravano il tutto esaurito a Miami.

Il caldo stava impazzando.

Un luglio torrido che non faceva desiderare altro che la fresca brezza marina.

Anche Alexandra si era preso qualche giorno di riposo: il caldo non la aiutava nel suo lavoro:, perdeva la concentrazione e non riusciva a scrivere.

Sperava che questi giorni di riposo la aiutassero a ricominciare.

Quella sera l'avrebbe trascorsa con il suo David: una cenetta al ristorante e poi a casa sua.

Erano circa le sei del pomeriggio.

Aveva appuntamento con David alle sette e mezzo, così cominciò a prepararsi.

Era la prima volta che aveva tutto questo tempo per farlo e decise che lo avrebbe fatto con molta cura ma soprattutto le piacque l'idea di poter dedicare un'ora e mezza solo a se stessa. Con il suo lavoro non le capitava mai di potersi curare di sé, a parte l'ora di corsa che si concedeva sulla spiaggia ogni mattina.

Il suo lavoro non le concedeva spazi così ampi. Quando doveva uscire il tempo a sua disposizione erano gli ultimi dieci minuti prima di uscire di casa. Aveva la fortuna però che Madre Natura con lei era stata molto generosa, anche se lei, con l'aiuto di sua madre, le aveva "dato una mano", con i numerosi ritocchi che si era fatta fare. In ogni caso non aveva bisogno di tanti "trucchi" per apparire più bella.

Lei aveva informato David di questi piccoli interventi che aveva fatto, o meglio, che le aveva fatto fare sua madre. Lui, pur conquistato dalla sua bellezza, le aveva detto che non era necessario tutto ciò. "Una ragazza come te non ha bisogno di interventi per sembrare più bella. Ognuno di noi nasce con delle caratteristiche proprie ed è proprio questa diversità a rendere bella una persona rispetto ad un'altra. Se si vuole assomigliare ad altre persone, non si è più se stessi" le aveva detto David una sera mentre stavano passeggiando lungo la spiaggia guardandola intensamente negli occhi.

Lei si commosse e pensò che finalmente aveva trovato l'uomo della sua vita, ma soprattutto una persona che la apprezzava per quello che era: non per la sua attività, né per la sua bellezza, né tanto meno per i soldi, solo per quello che era: una ragazza con un'anima.

– E' stata una cena stupenda – commentò lei soddisfatta dopo l'uscita dal ristorante.
Un posto molto elegante e particolare. Servivano solo pesce. Nel locale c'erano delle grandi vasche trasparenti in cui nuotavano centinaia di pesci di tutti i tipi. Il cliente sceglieva il suo pesce, i cuochi lo pescavano e lo cucinavano davanti ai suoi occhi.
Era un pò crudele veder finire in padella o alla griglia quei poveri pesci che fino a qualche momento prima guizzavano nell'acqua.
Quel locale aveva non pochi problemi con gli ambientalisti che gli rimproveravano il comportamento tenuto con gli animali ma l'avevano sempre spuntata. D'altro canto quella era la caratteristica di quel locale: togliergli questo avrebbe significato la chiusura e,

visto che era il ristorante maggiormente frequentato, soprattutto dai turisti ed essendo Miami una città che vive di turismo, è facile capire perchè quel locale fosse ancora aperto.

La loro serata proseguì con una passeggiata lungo la spiaggia.

– David, ciao – Una voce alle loro spalle li colse di sorpresa.

Era James, un amico di David, quello che lei aveva visto quel giorno discutere animatamente con lui in palestra. Ricordava ancora la preoccupazione segnata sul volto di David. Era anche la prima volta che non vedeva il suo bel sorriso, ma un viso serio e ansioso.

Percorsero un breve tratto di strada insieme parlando di cose frivole, poi James li lasciò dando appuntamento a David per l'indomani in palestra.

Lei non aveva ancora chiesto a David che cosa avesse in comune con il suo amico, ma decise che quella serata non sarebbe stato il momento adatto per parlare di cose che non riguardassero loro due. Insomma, non aveva intenzione di spezzare quel bel momento che stavano trascorrendo insieme, anche perchè poi ne avevano anche pochi di momenti così da trascorrere a causa delle loro occupazioni.

Era il tredici di settembre. L'estate era ormai alle spalle, ma quel periodo era ancora prodigo di belle e calde giornate di sole.

Milano si stava ripopolando dopo la pausa estiva. Anche se molto lentamente stava riacquistando il suo volto di metropoli caotica ed indaffarata.

Bianca aveva ripreso il lavoro da qualche giorno e doveva fare il punto sulla situazione delle sue ricerche sulla Enero Computers per preparare il servizio che le aveva chiesto il suo capo redattore.

A dire il vero, molte volte era stata sull'orlo di mollare tutto sapendo con chi aveva a che fare, ma il suo carattere fermo glielo aveva sempre impedito, insieme al suo capo.

In fondo lei aveva sempre creduto molto nella sua professione, fin dal principio.

Nonostante gli studi Bianca aveva iniziato la sua attività di giornalista in un piccolo giornale di provincia. Non voleva in alcun modo che il padre con le sue conoscenze, la aiutasse: voleva e doveva farcela con le sue sole forze. Il giorno in cui telefonò ad un giornalista che conosceva per chiedergli se avrebbe potuto scrivere su quel giornale, aveva il cuore in gola mentre teneva in mano la cornetta del telefono in attesa di una risposta. Nel momento in cui l'uomo rispose, lei si presentò come meglio poté e poi venne al dunque: gli fece la fatidica domanda "potrei scrivere su questo giornale?" Lui le rispose di sì. In quel momento le sembrò di impazzire di gioia, di avere il mondo in pugno. Presto però si sarebbe accorta che l'oro che luccicava in quel momento si sarebbe presto trasformato in volgare ferro da rottamare. Al primo incontro con quell'uomo che poi sarebbe divenuto suo

collega, lui si mostrò in tutta la sua fierezza di giornalista ormai affermato e le raccontò un sacco di cose sul mondo del giornalismo, almeno dal suo punto di vista. Lei si impegnò molto per scrivere il suo primo articolo che uscì, anche senza la sua firma, in una fredda e piovosa domenica di novembre: lui infatti le aveva detto che i suoi articoli, almeno all'inizio, non avrebbero potuto essere firmati e che addirittura "un altro ragazzo come te ha ottenuto la prima firma dopo quattro anni" le
disse con fare quasi adulatorio. Lei ci credette: non conosceva ancora quel mondo che l'affascinava ma che le era ancora del tutto oscuro.
Quel mondo era tanto meraviglioso quanto perfido e meschino. Comunque,

appena un anno dopo che ebbe iniziato a scrivere, fu aperta una redazione del giornale proprio nella sua città. Per lei, pensava, sarebbe stato l'inizio di una brillante carriera. Il capo servizio della redazione la trattò come se la conoscesse da anni: era una regola dei giornalisti darsi del "tu" fin da subito.

Il primo giorno di attività della nuova redazione lei si presentò puntualmente e il capo servizio le si mostrò in un modo che lei giudicò molto educato e rispettoso. La redazione era un piccolo locale precedentemente adibito a studio medico e di cui ne conservava ancora alcuni elementi. Due stanze, ancora tutte da sistemare, con solo un computer e un telefono. "Mi aspettavo qualcosa di più" pensò Bianca guardandosi intorno. La sua permanenza in quel giornale andò avanti per circa due anni tra alti e bassi, a dire il vero più bassi che alti. Lei soffrì anche molto in quel periodo quando i suoi cosiddetti "colleghi" facevano di tutto per primeggiare e per conquistarsi i favori del capo servizio e di tutto l'entourage che contava nel giornale. Non che Bianca fosse debole, anzi, cercavano in tutti i modi di metterle i bastoni tra le ruote proprio perchè, essendo figlia di una influente famiglia milanese, se solo suo padre avesse aperto bocca, tutti gli altri sarebbero finiti a scrivere: sì, ma solo sui manifesti! Questo lei, nonostante le numerose insistenze di suo padre, non lo permise mai, anzi, cercò fino all'ultimo di nascondere questa realtà alla sua famiglia: non voleva rovinarsi la reputazione come giornalista.

– Tesoro, che cosa ti succede? – le chiese una sera la madre preoccupata per il silenzio della figlia che andava avanti ormai da giorni.

– Niente, mamma, non ti preoccupare – rispose Bianca con gli occhi pieni di lacrime che cercava invano di nascondere e trattenere abbassando la testa.

La madre allora le sollevò il viso con una mano e vide che sua figlia era in preda ad una crisi di pianto. Guardò sua madre negli occhi anche se le riusciva difficile, poi si abbandonò sulla sua spalla e la abbracciò forte.

– Sfogati, tesoro mio... – le disse la madre.

– Mamma ... vedi, io ... – disse lei tra i singhiozzi.

– Lo so, so tutto, non dirmi nulla. Sono quelli del

giornale che ti stanno facendo questo ... Non preoccuparti, tuo padre risolverà tutto! –

– No! – urlò lei forte respingendo sua madre con rabbia.

– Non ti preoccupare, non ha intenzione di fargli del male, ha solo trovato per te un'altra sistemazione in un altro giornale, molto più importante ... –

– No, ho detto che voglio farcela da sola! – insistette Bianca.

– Sì, tesoro, ce la farai da sola, è solo per ricominciare con persone più sicure, non ti preoccupare, tuo padre non userà in alcun modo la sua influenza: rispetta le tue decisioni – la rassicurò la madre.

Lei allora si asciugò le lacrime con il fazzoletto che le aveva dato sua madre e in quel momento comparve sulla porta il padre.

– Papà ... – lo chiamò lei con il viso ancora sconvolto dal pianto ma un pò più alleggerito dal peso di prima.

– Vieni qui, abbracciami, non vorrei mai intralciare le tue decisioni, ho voluto solo metterti più al sicuro. Quelle persone sono sicure. Comincerai da zero e farai tutta la strada da sola – le disse il padre.

– Grazie papà, ora mi sento molto meglio – gli rispose con un sorriso.

– Bianca, puoi venire un attimo da me? – la chiamò il padre dal suo studio vedendola passare lungo il corridoio dalla porta socchiusa nella loro bella casa di Milano.

– Vedi se puoi occuparti di questi miei documenti non appena avrai un po' di tempo – le chiese.

– Sì papà, vedrò quello che posso fare – le rispose la figlia uscendo dalla stanza guardando quei fogli e chiudendosi la porta alle sue spalle.

Lo sguardo allora le cadde sulla maniglia di quella porta, in ottone antico, a pomolo. Quella stanza era, una volta, la camera da letto di sua nonna, scomparsa qualche anno prima, alla quale Bianca era molto affezionata anche perchè viveva con loro in casa. Le tornò in mente un episodio in cui sua nonna la chiamò, proprio come aveva fatto suo padre in quel momento, sentendo i suoi passetti per il corridoio. Lei era ancora piccola e non arrivava a prendere la maniglia, ma la vedeva così, le sembrava d'oro ed avrebbe voluto toccarla a tutti i costi. Vedeva che tutti gli altri "grandi" in casa aprivano quella porta girando quella maniglia e lei non lo poteva ancora fare. Bussò, sua nonna le aprì la porta.

– Nonna, voglio aprire anche io la porta con la maniglia, mi piace tanto, è d'oro? – chiese la bimba ingenuamente.

– No, tesoro, non è d'oro, è ottone, ha lo stesso colore dell'oro –

Allora la prese in braccio e le fece aprire la porta con la maniglia. In quel momento sua nonna vide che le si erano illuminati gli occhi dalla gioia: anche lei poteva toccare la maniglia, come i grandi.

Stava andando a letto, quando si ricordò di aver lasciato la luce dell'ingrasso accesa: si rialzò in piedi svogliatamente e, infilatasi le pantofole ai piedi, s'incamminò verso le scale che conducevano al piano di sotto. Tutte le altre stanze erano buie, i suoi erano tutti a letto.

Passando si soffermò alla finestra in stile inglese che era accanto alla porta d'ingresso della sua casa.

Fuori regnava la calma più assoluta. Non c'era anima viva nonostante l'ora non fosse troppo tarda: erano infatti appena le undici e mezza di sera.

Ecco perchè suo padre tanti anni fa scelse proprio quella casa.

Vivevano in una antica villetta alla periferia della città. Lei in quella casa aveva vissuto da sempre.

Era di una famiglia nobile vissuta nell'800. Quando il padre la comprò, appena sposato, era ridotta veramente male ma a suo padre piacevano le cose antiche e quella casa era un vero e proprio "pezzo di storia" diceva suo padre.
Poco dopo averla acquistata cominciò a fare ricerche e scoprì che era disabitata da almeno un secolo e mezzo.
- Perchè per così tanto tempo nessuno l'ha mai comprata? - chiese il padre di Bianca all'agente immobiliare dopo l'acquisto.
- Sa, su questa casa da tanti anni circolano strane voci ...- gli rispose l'agente.
- Strane voci? Che genere di voci? - chiese incuriosito.
- Vede, due secoli fa circa sembra che qui sia vissuta una ricchissima famiglia che aveva due figlie femmine, due gemelle, per la precisione. Una di queste

due figlie, ormai ragazze, morì uccisa proprio in questa casa. Poi, dopo di loro prese possesso della casa un'altra famiglia che aveva anche questa due figlie, non gemelle però, una delle due sorelle venne uccisa dal suo amante sempre in questa casa e da allora nessuno prima di lei ha mai voluto comprare questa casa, ecco perchè era ridotta così male quando lei l'ha presa –

– Vede, innanzi tutto io non sono superstizioso e non credo alle maledizioni, secondo, io non ho due figlie ma una e terzo, questa casa era troppo bella per rimanere in queste condizioni – rispose tranquillamente il padre di Bianca.

"··· Una grande vetrata dava luce alla grande camera da letto di quella lussuosa villa sulla spiaggia. Una bella ragazza dai capelli castano chiaro era davanti allo specchio intenta al trucco. Il suono del campanello interrompe il suo lavoro: lei si alza, lascia cadere un piccolo oggetto sul divano del salone, va ad aprire la porta ...... urla"

– aaaaaah! – Un urlo terribile svegliò tutti in casa di Bianca.
Era lei che gridava. La madre corse subito in camera sua per vedere cosa le fosse successo. La trovò seduta sul letto che piangeva e tutta bagnata di sudore.
– Tesoro, ma che ti succede? – le chiese sua madre preoccupata. Prima di allora non le era mai successo di avere un incubo così da farla urlare.
– Mamma, ho avuto un incubo, non è nulla, torna

pure a dormire, è già passato - le disse la figlia abbozzando un sorriso.

- Sei sicura? -

- Sì, sì, torna pure a letto, io sto bene - la rassicurò ancora la figlia.

Non appena la madre uscì dalla stanza e chiuse la porta lei si mise le mani sulla faccia, poi si alzò dal letto, andò in bagno e si rinfrescò il viso con dell'acqua sperando che quell'incubo passasse.

"Ma che mi sta succedendo? E' già la terza volta che faccio questo sogno, che cosa vuol dire?" si chiese.

"La ragazza del sogno è uguale a me a parte i capelli, che diavolo significa tutto questo?" continuò a chiedersi mentre si guardava allo specchio rivedendo quella immagine del suo sogno-incubo.

Dopo quella notte passata con quell'incubo, anche se

ultimamente le capitava abbastanza spesso, si alzò, fece il possibile per rendersi presentabile, ed andò in redazione.

L'inchiesta che stava conducendo sulla Enero Computers era giunta al termine: doveva solo preparare il suo servizio e senz'altro avrebbe passato l'intera giornata davanti al computer per mettere insieme tutti i pezzi del mosaico a proposito di questa storia.

– Bianca, che ti succede? – le chiese il suo collega che lavorava nella scrivania accanto alla sua.

– Oh, niente, stanotte ho dormito poco ··· –

– Ti sei data da fare, eh! – scherzò lui.

– Ti prego, lasciami stare, stamattina non ho proprio voglia di scherzare – disse lei con l'aria un po' seccata.

Erano già diverse notti che aveva quell'incubo. Sulle prime non ci fece caso, poi vedendo che era un sogno ricorrente, tutto questo la turbava un pò. Aveva anche pensato di rivolgersi ad uno psichiatra e quella mattina questa idea era ancor più presente nella sua mente.

Cominciò a lavorare al computer per scrivere il suo servizio con tutti i particolari che aveva scoperto sulla Enero Computers.

Antonio Enero era stato arrestato dalla Guardia di Finanza proprio pochi giorni prima, non solo per le sue attività illecite, ma anche per l'omicidio di Paolo Barbieri.

L'autopsia stabilì che solo apparentemente si trattava di morte per cause naturali, infatti i medici legali trovarono un minuscolo puntino rosso dietro al collo

della vittima. Era una iniezione
fatta dall'assassino di una sostanza chimica che crea tutti i sintomi per far apparire una morte per arresto cardiaco e quindi naturale e non lascia tracce. Dopo circa due ore che stava lavorando al computer decise di prendersi una pausa da quelle cose e di cambiare un po'. Si collegò ad Internet per fare una ricerca a proposito di un libro che le interessava della sua scrittrice preferita: Alexandra Summer.
Sulla pagina principale vide un piccolo box che diceva "Cerchi la tua anima gemella o semplicemente un amico? Clicca qui e li troverai".
Bianca non era fidanzata, insomma, non aveva ancora trovato il suo uomo ideale. Lei aveva i suoi principi: il suo uomo, o doveva essere

come diceva lei, o nulla. Lei cercava un uomo sensibile, buono, affettuoso, che la facesse sentire importante per se stessa e per lui.
Aprì quella pagina e le venne chiesto di inserire un annuncio in cui descrivere tutte le caratteristiche dell'uomo che lei cercava. A questo punto lei si trovò un po' in difficoltà.
"Ma sì, proviamo. Figurati poi se qualcuno mi risponde!"
"Non ho mai fatto una cosa del genere" pensò perplessa.
Inserì l'annuncio: "Cerco un uomo bellissimo dentro e fuori, capace di volermi bene e di essermi amico nello stesso tempo. Sono una ragazza bisognosa di tanto affetto e … insomma, cerco il mio Principe Azzurro" firmato "Bianca"
Una volta inserito l'annuncio le venne chiesto di lasciare

il suo indirizzo di posta elettronica per le possibili risposte, le quali lei però non pensava sarebbero mai arrivate.

Dopo quella pausa che l'aveva un po' distratta dal lavoro continuò a scrivere il suo articolo. Vi lavorò fino a tarda sera e lo consegnò al capo servizio giusto in tempo per l'impaginazione e per la pubblicazione prevista per il giorno successivo.

– Bianca, hai fatto davvero un ottimo lavoro, ora vai a casa, sei molto stanca – le disse il capo servizio congedandola con un sorriso e una pacca sulla spalla.

Era rimasta solo lei in redazione, gli altri se ne erano andati da diverso tempo.

"Ho perso troppo tempo con quell'annuncio del cavolo!"

pensò un pò arrabbiata con se stessa.
Le squillò il telefonino.
– Pronto? – rispose.
– Bianca, ma dove sei, non hai ancora finito? – Era sua madre preoccupata perchè non la vedeva ancora rientrare.
– Mamma, sono appena uscita dalla redazione, sto arrivando – rispose lei.
Salì in macchina e diresse verso casa.
Mentre guidava pensava all'annuncio che aveva messo sul computer e continuava a pensare che nessuno le
avrebbe mai risposto.
Parcheggiò la macchina di fronte alla sua casa ed entrò.
Andò di corsa al piano di sopra, in camera sua. Sulle scale incrociò sua madre.
– Tesoro, mamma mia che faccia che hai, sei

stanchissima, ma hai visto che ore sono? –
Lei guardò l'orologio: era quasi mezzanotte.
Presa dal lavoro e dalle altre cose non aveva mai guardato l'orologio fino a quel momento.
– Sì, mamma, è vero, sono stanchissima, ma ho dovuto finire quel servizio sulla Enero Computers che il mio capo mi aveva affidato. Prima di andar via mi ha detto che ho fatto un ottimo lavoro, domani lo vedremo sul giornale – disse a sua madre sorridendo soddisfatta.
– Mamma, scusami, ma ora voglio fare un bel bagno caldo ed andarmene dritta dritta a letto, sono veramente sfinita. Questo servizio mi ha succhiato tutta l'energia che avevo, peggio di un vampiro! – disse ancora scherzando.

- Ti va di mangiare qualcosa? - le chiese sua madre.
- No, grazie, ho mangiato qualcosa in redazione, sto bene così ⋯ buonanotte - le rispose con un sorriso ed andò in camera sua.

Non ebbe il coraggio di buttarsi sul letto come era solita fare dopo una dura giornata di lavoro: era troppo sudata. Quel giorno, una afosa giornata di giugno, nonostante l'aria condizionata della

redazione, si sentiva proprio senza più forze.

Andò in bagno, aprì l'acqua della vasca e una volta messa a temperatura giusta, la riempì. Vi versò un bagno schiuma profumato e rilassante. Già respirarne il profumo fuori dalla vasca che aveva invaso la stanza da bagno la fece sentire meglio.

Si mise davanti al grande specchio che aveva in bagno: lo aveva trovato nella soffitta di quella vecchia casa tanti anni prima e lo aveva voluto nel suo bagno. Lei voleva sempre vedersi a figura intera quando si spogliava: era una sua piccola mania.

Si sbottonò la camicetta bianca a manica corta e la fece cadere a terra e intanto si guardava allo specchio. Nonostante la stanchezza il suo corpo era ancora tonico. Bianca era una ragazza molto bella: alta, capelli castani lunghi, occhi verdi, una bellissima bocca.

Faceva gola a molti suoi colleghi e non, ma tra loro non c'era l'uomo che facesse per lei.

Andava molto spesso in palestra e il suo corpo ben modellato ne dava ampia testimonianza.

Tolse la gonna corta e anche quella a terra, come la camicetta. Rimase con la biancheria sempre con lo sguardo fisso nello specchio. Sciolse i capelli che aveva raccolti in una coda e le ricaddero sulle spalle.

Infine via il reggiseno: lei non ne avrebbe avuto bisogno, ma con una camicetta leggera come quella che indossava quel giorno ··· e via anche le mutandine. Tutto a terra. Si guardò ancora e si fece un sorriso compiaciuto benché il viso fosse visibilmente stanco.

Si immerse nella vasca e per un attimo andò sotto anche con la testa per bagnarsi i capelli. Si appoggiò con la testa sul bordo, chiuse gli occhi.

L'acqua calda, il profumo sensuale e dolce di quel bagno profumato le stavano facendo tornare pian piano le forze.

Stando lì, ad occhi chiusi, ripensò all'annuncio che aveva messo su Internet.

"Se adesso entrasse qui il mio principe, si togliesse i vestiti e si immergesse qui con me, a fonderci in un unico abbraccio ··· " sognò pur essendo sveglia.

Prese la spugna e iniziò a massaggiarsi il corpo. La spugna era morbida, di quelle naturali e quel contatto le fece molto bene. Cominciò dai piedi, poi le caviglie, e su su fino alle gambe dove le si era accumulata di più la stanchezza. Poi arrivò al resto del corpo, le braccia, il collo: insomma, stette nella vasca per circa mezz'ora ad occhi chiusi e sentì che le forze le stavano tornando, ma non vedeva l'ora di stendersi nel letto perchè quel bagno ristoratore le aveva conciliato il sonno.

Uscì dalla vasca, indossò l'accappatoio che anni prima le aveva regalato sua nonna, poco prima di morire ed a quell'accappatoio lei era particolarmente affezionata.

La serata, anzi, la nottata, si presentava molto calda come negli ultimi giorni e così decise di non asciugare i lunghi capelli: le avrebbero dato più fresco.

Tolse l'accappatoio, e si mise nel letto senza indossare nulla.

Ovviamente si addormentò quasi subito, il tempo di sperare di non avere anche quella notte quell'incubo che ormai la perseguitava da giorni.

Si ritrovò seduta sul letto con gli occhi terrorizzati. La finestra della sua camera era aperta e il vento faceva muovere le tende. Non ricordò se avesse chiuso o meno la finestra prima di addormentarsi.

"Sicuramente l'ho lasciata aperta, col caldo che fa!" pensò.

Questa volta non aveva urlato per fortuna, non aveva svegliato nessuno in casa.

Si promise che quel giorno avrebbe parlato ad un suo amico psichiatra di questo suo sogno ricorrente.
Sempre la stessa scena: una grande e luminosa camera da letto, una bella ragazza seduta ed intenta al trucco, il suono di un campanello, la ragazza che si alza, lascia cadere un piccolo oggetto sul divano, apre la porta ··· urla: la ragazza è uguale a lei, praticamente è lei.

Da quel giorno e per altri sette successivi aveva preso un periodo di ferie per riposarsi un pò dopo quella fatica.

Aveva deciso di non dire nulla ai suoi, di voler parlare con uno psichiatra di questo sogno. I suoi genitori erano sempre molto apprensivi nei suoi confronti e non voleva che si preoccupassero troppo, magari per qualcosa che non aveva senso.

Scese per la colazione e trovò sua madre che la stava preparando, in quello stesso momento scese anche suo padre.

– Buongiorno ragazzi! – disse scherzando ai suoi genitori.

– Ciao, bimba – le rispose suo padre dandole un bacino sulla guancia come faceva fin da quando lei era bambina mentre la madre li guardava e rispose alla figlia con un sorriso.

– Da oggi e per un po' di giorni non voglio più sentire la parola giornale e giornalismo, altrimenti mi vien voglia di cambiare mestiere! - disse lei ridendo.

- Eh, no, ancora per oggi devi almeno guardare il giornale: vogliamo vedere tutti cosa hai fatto fino a mezzanotte di ieri sera! - le rispose il padre.

- E va bene, questo ve lo concedo, ma poi, per una settimana, argomento chiuso, capito? - precisò Bianca.

Appena finito di fare colazione, suo padre uscì per andare al lavoro, sua madre anche, e lei rimase sola in casa.

"Finalmente un po' di pace e di sana tranquillità: che chiasso che fanno in redazione!" pensò.

Si ricordò allora il proposito che aveva fatto quella notte dopo il suo sogno. Chiamò un suo caro amico che più volte l'aveva aiutata anche per scrivere alcuni articoli per il giornale.

Stefano Artelli era uno psichiatra molto stimato a Milano. Aveva uno studio in centro tra i più importanti e annoverava tra i suoi pazienti anche personaggi famosi del cinema, dello spettacolo, dello sport.

Bianca più volte si era rivolta a lui per avere qualche "dritta" a proposito di vizi e virtù segrete dei vip.

Lui aveva studiato psicologia all'università poi aveva seguito dei corsi di specializzazione anche negli Stati Uniti.

Chiamò il suo studio e le rispose la sua segretaria.

– Potrei parlare con il dottor Artelli, per cortesia? Sono Bianca Guidoni – disse Bianca.

– Attenda un attimo in linea, glielo passo subito – le

rispose cortesemente la segretaria.

– Bianca, come va? Cosa ti serve stavolta, a chi "devi togliere i veli"? – esordì il medico.

– Eh, mi piacerebbe davvero togliere i veli in senso reale a molti begli uomini, ma stavolta ti chiamo per un altro motivo, al telefono non te ne posso parlare, fissami un appuntamento, debbo parlarti di persona! –

– Ehi, non sarà mica successo qualcosa ··· – disse lui preoccupato.

– No, no, niente, poi quando ci vediamo ne parliamo, fa che sia prima possibile comunque – gli disse.

– Ti sento molto preoccupata, annullo un paio di appuntamenti e puoi venire qui ··· facciamo alle quattro di oggi pomeriggio? –

- Ti ringrazio, sei un vero amico ... - gli disse. E riagganciò il telefono.

Quel giorno, anche per distrarsi un po', decise che avrebbe cucinato lei. Non lo faceva mai, ma quando si impegnava era capace di fare qualsiasi cosa. Le succedeva quando invitava a cena i suoi colleghi della redazione. Non voleva che sua madre cucinasse per lei, anche se le dava una mano. In quelle occasioni si prendeva mezza giornata di libertà e i suoi colleghi la prendevano sempre in giro dicendole: "Chissà stasera con che cosa avrà deciso di avvelenarci!" E lei rispondeva sempre con la stessa espressione: "Cretini!"
La cucina della loro casa era in stile country con un grande tavolo in legno lavorato a mano e le sedie

abbinate decorate con dei cuscini in tono con l'ambiente.

Aprì il grande frigo nascosto in un mobile in legno e fece il punto sulla situazione.

C'era ogni ben di Dio: che cosa avrebbe potuto cucinare?

Deciso: tortellini al ragù, cotolette alla milanese con contorno di patate fritte, una bella crostata come dolce.

Si mise subito all'opera per preparare prima le cotolette, poi le patate e infine in pochi minuti la crostata era già nel forno a microonde, di lì a poco sarebbe stata pronta.

Erano quasi le tredici e trenta quando sentì la macchina di suo padre entrare nel viale di casa.

Entrati in casa i suoi genitori furono subito presi dal profumo che veniva dalla cucina.

– Elena, hai chiamato qualcuno per cucinare oggi? Senti che profumo ⋯ roba da grandi chef – disse suo padre rivolto alla moglie.

– Quanto sei spiritoso! – rispose Bianca dalla cucina.

Lei aveva un ottimo rapporto con i suoi genitori, con loro scherzava sempre e la loro era una famiglia molto aperta.

Fin da quando lei era bambina era stata abituata dai suoi genitori a parlare di tutto, senza preclusioni, tabù, se si parlava di argomenti che in qualche modo lo fossero. Lei era così cresciuta in un ambiente sano ed aperto. Purtroppo molte sue coetanee, ex compagne di scuola, vivevano in famiglie a volte molto più rigide nei principi e nelle idee: i loro genitori non lasciavano spazi ai figli e, quel che era peggio, non avevano alcun dialogo con loro se non per le cose essenziali.

Negli anni in cui Bianca andava a scuola, si parla degli anni sessanta, le mentalità erano ancora agganciate a concetti e preconcetti piuttosto di vecchia data. Le idee delle famiglie erano abbastanza retrograde perchè i genitori di allora erano stati figli anche loro e cresciuti in un'epoca mentalmente distante anni luce dall'attuale ed avevano trasmesso anche ai loro figli questo tipo di mentalità.

Pranzarono allegramente tra una battuta e l'altra: quello per Bianca era il suo primo giorno di ferie, dei sette che aveva.

– Mamma, devo uscire, voglio andare in centro a vedere un po' le vetrine: vediamo se mi riesce di comprare qualcosa che mi piace! – disse lei.

In realtà erano già le tre e mezza e alle quattro lei aveva appuntamento con il suo amico psichiatra.

Lo studio. Un bellissimo appartamento in uno dei quartieri più esclusivi del centro di Milano. Prese l'ascensore: quarto piano. La magnifica porta d'ingresso in raffinata radica di noce lavorata a mano. Una targa d'oro sulla porta "Prof. Stefano Artelli psichiatra, psicoterapeuta". Suonò. Anche il campanello aveva intorno una placca dorata lucentissima. Era tutto perfetto: nulla era fuori posto.

L'assistente del dottore la fece accomodare: si conoscevano, molte volte Bianca era stata in quello studio.

– Attenda un attimo, avverto il dottore che lei è
qui – le disse cortesemente.

– Grazie – rispose Bianca.

Era molto emozionata e un po' nervosa. Era la prima volta che entrava nello studio di uno psicanalista come paziente e non come "ficcanaso" come lo era stata fino ad allora.

- Prego, il dottore la sta aspettando - le disse sempre molto gentilmente la assistente accompagnandola alla porta del dottore.

- Bianca, come va, ti vedo preoccupata e tesa, che cosa ti sta succedendo, al telefono ti ho sentita molto strana ⋯ - le disse il dottore vedendola seria e silenziosa.

Non era da lei. La simpatia ed il sense of houmor l'accompagnavano sempre, sia per le faccende più serie che per quelle più frivole.

- Accomodati e raccontami tutto - le disse.

- Mi raccomando. Tu conosci molto bene la mia famiglia e sei legato al segreto professionale. Voglio che questa nostra conversazione rimanga strettamente confidenziale, altrimenti mi alzo e me ne vado, d'accordo? – gli disse con uno sguardo sicuro di sé.

– Stai tranquilla, lo sai, sono come un prete ··· apriti pure figliola ··· – le disse, e le strappò un sorriso.

– Il mio problema è un sogno – gli disse.

– Un sogno? Tutto qui? – domandò lui sorpreso.

– No, non è un sogno qualsiasi: è un incubo ricorrente. Da tante notti ormai lo faccio e molte volte mi è capitato di svegliare tutta la famiglia con le mie grida. Vorrei capire da te di che cosa si tratta, come affrontare il problema e come risolverlo ··· – disse quasi tutto d'un fiato.

– Dai, adesso calma e raccontami questo sogno–

incubo, sdraiati sul lettino, così è come se fossi a dormire – le disse.
Lei ubbidì e si sdraiò sul lettino. Lui le si sedette accanto su una sedia ma in modo che lei non potesse vederlo.
– Tu chiudi gli occhi e rilassati: io ti dirò alcune frasi dopodiché potrai cominciare il tuo racconto ripercorrendo il sogno in ogni particolare – la istruì.
– Va bene – rispose lei un po' timorosa.
– Ora rilassati, svuota la tua mente da ogni pensiero ··· –
E lei, mentalmente, cercò di seguire l'istruzione. Aveva paura di non farcela.
– Ho paura, non ce la faccio ··· – si alzò a sedere sul lettino.
– Ho capito, forse l'unica via possibile da percorrere è l'ipnosi ··· – le disse il medico.

"Ipnosi??" le sembrò una parola troppo grossa "allora sono malata davvero!" pensò lei ancor più in preda all'ansia.

- Sto davvero così male? - domandò al dottore con l'aria disperata.

- No, no, stai tranquilla, è solo un metodo per fare in modo che tu possa tirar fuori tutto quello che in te non va, in questo caso, questo incubo: ma davvero non te la senti di raccontarmelo, così come ti viene? - le chiese.

- Mah, vedi, ogni notte sogno una ragazza uguale identica a me. E' seduta davanti ad uno specchio in una camera da letto molto luminosa, si sta truccando ed ha in mano un piccolo oggetto nero, non so cos'è. Sente suonare il campanello della porta, si alza, va nel salone, lascia cadere questo oggetto sul divano, apre la

porta, vede una persona ...
ecco, lì io mi sveglio e
comincio ad urlare, secondo
te, che significa? –

– Vedi? Non appena ai miei
pazienti parlo di ipnosi
riescono subito a
raccontarmi tutto ··· – le
disse sorridendo.

– Allora è solo un trucco
che usi! – gli disse ridendo.

– A volte funziona, altre no.
Quando non funziona ricorro
veramente all'ipnosi. Con te
ha funzionato! – le rispose
sorridendole.

– Allora, che dici, che cosa
sarà? – gli chiese lei di
nuovo presa dal panico per
paura della diagnosi.

– Devo chiederti alcune
cose, rispondi
spontaneamente – le spiegò.

– Questa ragazza che tu
vedi nel sogno è proprio
uguale a te? –

– Sì, identica a me, forse un
po' più curata

nell'aspetto, però è uguale a me −

− Non ti ricordi proprio che cos'è quell'oggetto nero che ha in mano? −

− No, non riesco mai a vederlo bene, è solo un piccolo oggetto rettangolare, non ho idea di cosa sia −

− Quando la ragazza apre la porta tu ti svegli e urli, sei mai riuscita a vedere chi c'era alla porta? −

− No ··· ma ··· aspetta, è un uomo, una donna ··· non riesco mai a vedere chi c'è alla porta, non ricordo altro però, che cosa significa? − gli chiese.

− Non lo so ancora bene, ma, per come la vedo io questa ragazza che tu vedi e che è uguale a te, ha paura di questa persona alla quale apre la porta ··· per ora non so darti altre spiegazioni, dovrò studiare bene il caso e poi ti richiamo e saprò darti una risposta più precisa. Comunque quello che è certo è che questo incubo non costituisce una minaccia reale per te, per cui stai tranquilla. Prendi queste pillole, ti aiuteranno a dormire un po' meglio. Sono solo dei blandi sedativi, non è nulla di forte, non ne hai bisogno. Fammici studiare un po' sopra e tra qualche giorno ti chiamerò io. E, mi raccomando, stai tranquilla – le disse sorridendo e congedandola.

Si salutarono con una stretta di mano e due bacini sulle guance, come sempre.

Lei uscì dallo studio del dottore salutando la sua assistente. Non era molto convinta.

Tornò a casa. Erano le sei del pomeriggio. Non c'era nessuno e lei si mise davanti al suo computer.

Si ricordò allora dell'annuncio che aveva messo due giorni prima.

Per pura curiosità si collegò al sito internet sul quale aveva messo l'annuncio, digitò la sua password e le apparvero una videata di nomi di persone che avevano risposto al suo annuncio. Il primo della lista si faceva chiamare "Lover".

Questo nome la incuriosì molto.

"Lover"? Che sia davvero un amore di uomo?" pensò.

Aprì la sua lettera: era lunga. Come? il suo breve annuncio aveva portato ad una risposta così lunga?

"Cara amica, mi ha colpito molto il tuo annuncio ed ho deciso di risponderti. Sai, io sono buono, gentile, ho sofferto molto in passato ed è per questo che cerco una persona che mi sappia capire, apprezzare e ridare un po' di fiducia in me

stesso e nel mondo. Mi hai colpito perchè sei risoluta e sai quello che vuoi. A me piacciono le persone così. Io vivo a Milano e sono un giornalista ⋯ ebbene sì, proprio come te. Il lavoro mi da tante soddisfazioni, oltre che economiche, anche professionali. Per il mio lavoro, ma anche per piacere, giro molto il mondo e sono affascinato soprattutto da civiltà antiche, spesso perdute e dimenticate: così cerco di evadere dal mio lavoro che a volte può risultare squallido e un po'
sterile.
La mia vita? Dire che è ed è stata un'avventura è dire poco, di donne ne ho conosciute molte, non lo nego, però tutte hanno lasciato dentro di me ogni volta maggiore amarezza e solitudine. Nel tuo annuncio ho trovato qualcosa di

speciale, anche se non ti conosco affatto sento che le nostre anime sono molto vicine una all'altra. Perchè il nome "Lover" ti chiederai. Ho scelto questo nome perché, proprio come un amante, sento il bisogno di amare qualcuno: che quel qualcuno sia tu, mia cara?
Spero di non averti annoiato con queste parole e spero che tu mi voglia rispondere.
Il tuo Lover".
Poggiando i gomiti sulla sua scrivania si prese il viso tra le mani. Non riusciva ancora a credere a quello che aveva appena letto.
Oltre a quella c'erano altri messaggi che lesse, ma non gli diede alcuna importanza. "Lover" l'aveva rapita totalmente.
"Chi era questa persona che si celava sotto questo nome così bello?"
Le venne anche il dubbio che fosse una persona

diabolica, contrariamente al nome, ma ricacciò immediatamente indietro questo pensiero dalla sua mente.

Da quel momento lei non capiva più nulla. Quella persona che si celava dietro quel nome l'aveva totalmente presa.

Ovviamente la sua prima preoccupazione fu quella di rispondere a "Lover" per vedere di conoscerlo un po' meglio.

II PARTE

Quella era una famiglia nobile milanese che aveva dato in adozione le due figlie nate gemelle per evitare lo scandalo visto che erano nate da un rapporto extraconiugale della madre con un ricco uomo d'affari milanese.

Il suo mosaico si stava completando giorno dopo

giorno leggendo dei documenti che aveva trovato in quella casa in un quartiere chic di Milano in cui era andata per fare delle ricerche su un omicidio che vi si era consumato. Il conte Nicola Gioffredi di Sansebastiano era stato barbaramente ucciso.

Nicola Gioffredi di Sansebastiano, figlio della nobile famiglia dei Sansebastiano, originari di Mantova ma con legami di parentela con l'ultimo zar di Russia Nicola II, di qui il nome, Nicola.

Quel Nicola II Romanov, vissuto tra il 1868 e il 1918, in Russia, figlio di Alessandro III che salì al trono nel 1894. Venne sconfitto nella guerra russo-giapponese del 1904-1905, cui seguì la rivoluzione democratica che lo costrinse ad accettare la costituzione di una Duma.

Scoppiata la rivoluzione di febbraio fu costretto ad abdicare il 17 marzo 1917; fu poi giustiziato dai bolscevichi con tutta la famiglia.

Nonostante la lontananza della sua parentela e la fine violenta che fecero i suoi antenati, lui ne andava orgoglioso, la ostentava in tutti i modi.

Rebecca Prosperi, la moglie, brillante avvocato che gestiva uno degli studi più esclusivi della città di Milano. Aveva conosciuto Nicola durante l'inaugurazione di una galleria d'arte.

Era lei la sospettata numero uno dell'omicidio.

Né Bianca, né Alexandra sapevano di essere figlie di un nobile e ricco imprenditore milanese.

La famiglia con la quale aveva sempre vissuto

Bianca infatti, era comunque una famiglia piuttosto facoltosa, il padre, Andrea Guidoni, era un imprenditore edile, mentre la madre, Elena Artei, era impiegata nella società di proprietà del marito. Per questa figlia loro avevano sempre voluto il meglio: per questo, dopo aver finito il liceo e dopo che lei aveva manifestato l'intenzione di fare la giornalista, avevano deciso, d'accordo con lei, di mandarla a studiare negli Stati Uniti dove la professione giornalistica era libera e le avrebbe offerto molteplici opportunità.

Nell'ambiente sentì parlare di Alexandra Summer, allora giovane promessa nel panorama degli scrittori americani e lesse un suo libro, ma non la conosceva personalmente e non vide mai neppure una sua foto.

- Posso parlare con la signora? - chiese ad un agente di polizia che era lì.
- Chi è lei, mi scusi ···? - le chiese.
- Sono una giornalista del "Corriere" ··· -
Nel frattempo l'aveva raggiunta anche il suo capo servizio.
- Salve, sono Stefano Corbelli, il capo servizio del giornale. Ho mandato io la mia collega a fare questo servizio. Si sa qualcosa? - chiese all'agente presentandosi cortesemente.
- Salve, ora la faccio parlare con il commissario Forti, è lui che dirige le indagini - gli rispose l'agente con altrettanta cortesia.
Un uomo alto, capelli scuri, magro, baffuto si stava avvicinando a loro.
- Sono il commissario Forti, il mio agente mi ha detto

che siete due giornalisti ...
- si presentò.
- Sì, vorremmo, se possibile, sapere qualcosa a proposito di questo delitto - chiese Corbelli al commissario. Bianca taceva.
- Sembra sia opera di sconosciuti, guardate la casa in che condizioni è ... lo scopo è chiaramente la rapina ... la cassaforte aperta e vuota, il conte ha cercato di fare resistenza e l'hanno ucciso, credo non ci sia molto altro da aggiungere, guardate voi stessi ... - gli disse con un'aria molto sicura di sé.
"Ha troppa fretta ed è tutto troppo semplice" pensò Bianca restando in silenzio.
- Grazie commissario - disse Corbelli. Prese Bianca sotto braccio ed uscirono dalla casa.
- Non ti sembra che sia un po' troppo frettoloso

questo commissario? – le chiese.

– In effetti c'è qualcosa di poco chiaro in tutto questo. La casa, è vero, è tutta sotto sopra, ma non la vedo chiara affatto la faccenda. Cosa scriviamo domani sul giornale? – disse Bianca.

– Scriviamo quello che abbiamo visto e quello che ha detto il commissario e poi ··· sai cosa dobbiamo fare, no? – disse Corbelli ammiccando.

– Lo so, lo so ··· anche stavolta non mi farai dormire per parecchi giorni! – gli rispose sorridendo.

"··· Alexandra Summer, la famosa scrittrice è stata trovata morta nel salone della sua villa di Miami. Gli investigatori propendono per l'omicidio a scopo di rapina: la casa era tutta in disordine e lei era una donna molto ricca. Infatti,

stando a quello che dice la polizia sembra che abbia cercato di difendersi e il rapinatore le abbia sparato un colpo a bruciapelo alla testa".
David stava seduto sul divano nel salone di casa sua. Il notiziario della sera aveva appena dato la notizia e nello stesso momento gli squillò il telefono.
Si alzò sconvolto.
– David, sono Jeff, ho appena sentito la notizia ⋯ ma come è possibile? ⋯ –
In quel momento gli suonò anche il campanello di casa.
– Scusami Jeff, ti richiamo dopo, hanno suonato alla porta – gli rispose, e riagganciò il telefono.
Andò ad aprire.
– Signor Weiss, la dichiaro in arresto per l'omicidio di Alexandra Summer! – gli disse il poliziotto che si era presentato alla sua porta.

- C···come? Omicidio? Ma siete impazziti? Il notiziario ha appena detto che ··· - balbettò David in preda allo sconcerto.

- Posso fare una telefonata, no? - disse David mentre veniva accompagnato alla centrale di polizia.

Appena arrivati prese il telefono e chiamò Jeff, il suo amico che lo aveva chiamato prima che la polizia lo arrestasse.

Jeff Albrecht era un brillante avvocato, uno dei migliori della città. Lo aveva conosciuto perchè assiduo frequentatore della sua palestra ed erano diventati ottimi amici.

- Voglio che mi difendi tu. In tutta questa storia non ci sto capendo più niente. Ho paura, Jeff! - lo supplicò David.

- Tra poco sarò lì, non preoccuparti, tu non hai fatto niente, e, mi

raccomando: non dire una parola finchè non sarò io lì con te, hai capito? – si raccomandò Jeff.
– Ti aspetto, ma sbrigati! – gli disse quasi piangendo.

David Weiss: un ragazzo di 30 anni, alto, moro, molto attraente, la sua palestra era prima di suo
padre. Suo padre aveva cominciato questa attività, allora nello scantinato di casa in un sobborgo di Miami. Il padre era un ex poliziotto che di ragazzi sulla strada ne aveva visti morire parecchi e così, una volta in pensione, decise di raccoglierli in questo "centro" e toglierli dalla strada dove spesso si organizzavano in bande rivali tra di loro, e si facevano vera e propria guerra.
La madre era una insegnante di scuola

elementare, una donna semplice che condivise la scelta del marito, ma deprecava un po' quella del figlio che, dopo tanti anni, forse stufo della monotonia, cambiò lo spirito della palestra trasformandola in un esclusivo centro per il benessere per gente più ricca, si era adeguato ai tempi che volevano le persone sempre più belle e che si curassero di se stesse. La palestra del padre comunque rimase, gestita dalla madre, anche lei in pensione, con l'aiuto di alcuni amici ed ex colleghi del marito.

– Mio figlio arrestato per omicidio? Non è possibile, mio figlio non ha ucciso nessuno ··· – disse la madre di David piangendo quando degli agenti di polizia si erano presentati a casa sua per farle delle domande.

D'un tratto smise di piangere ed acquistò un'aria molto sicura di sé.

– Mio figlio non ha ucciso proprio nessuno! – disse alla polizia in tono quasi imperioso.

Era una donna alta, snella, nonostante portasse benissimo i suoi sessanta anni passati. I capelli castani raccolti sulla parte alta della testa.

Le malelingue dei dintorni dicevano che si fosse fatta "qualche ritocco" ed anche più di una volta. Poi a Miami la loro era una famiglia molto conosciuta e stimata.

Il fitness. Era tutta la vita di David. Prima la palestra col padre, poi la decisione di mettersi in proprio aprendo un centro tutto suo. Aveva clienti tra i più prestigiosi: un business da oltre dieci milioni di dollari l'anno.

La polizia gravitava intorno a tutte quelle che erano le conoscenze di Alexandra: tra queste c'era anche quella del suo editore: Mark Auderal.
Un personaggio molto in vista in tutta l'America. Titolare della più importante casa editrice: la Carlton Publisher (o Publishing). Conobbe Alexandra durante le lezioni che teneva all'Università per un corso di scrittura creativa che Alexandra frequentava durante i suoi studi di lettere a New York. Lui intuì subito le capacità di Alexandra quando, durante una lezione, chiedendo agli allievi di scrivere un testo di loro invenzione seguendo le regole fin lì insegnategli, si accorse che lei aveva scritto un testo, anche se breve, molto interessante, e le chiese di ampliarlo ulteriormente. Da lì nacque

il suo primo romanzo ed anche la sua collaborazione con l'editore. Un uomo dal carattere molto forte. Capelli brizzolati, un po' corpulento, dei baffi molto ben curati, alto. Aveva subito intuito il talento di Alexandra anche se non era molto facile ai complimenti. Molto preciso e non tollerava ritardi o altre infrazioni alle sue regole da nessuno. Sposato, padre di due figli, un maschio ed una femmina.

– Pronto? – rispose Alexandra non appena alzò il ricevitore.

– Ciao, sono Mark, vorrei vederti subito per parlarti di alcune cose del tuo nuovo libro che mi hai consegnato ieri – le disse

– Perchè, qualcosa non va? – gli disse lei in tono preoccupato.

– No, no, sono solo dei piccoli dettagli che voglio

discutere con te – le rispose.

– Va bene, vengo subito da te – gli annunciò.

Era la prima volta che la convocava per discutere di "particolari" dei suoi scritti. Non ne capì a fondo il motivo, comunque si preparò per uscire ad andò da lui.

Come al solito fu accolta dalla sua segretaria che l'annunciò e la fece accomodare.

Appena entrata lei si sedette sulla poltrona davanti alla scrivania.

– Ciao Alex, come stai? – le chiese.

– Molto bene. Allora, quali erano questi particolari di cui dovevi discutere con me? – gli chiese.

– Vieni qui, ti faccio vedere – e la invitò ad accomodarsi al suo elegante tavolo di cristallo che ornava il suo ufficio.

– ···ma che fai ··· metti giù le mani! – gli ordinò lei sorpresa da quel suo comportamento ma sicura di sé.

Le aveva messo una mano sul fondo schiena e anche in maniera abbastanza pesante ed esplicita.

Lei si diresse verso la porta per uscire.

– Non dire una parola su ciò che è successo. Anche io so molte cose di te! – la minacciò.

Bianca rientrò a casa sapendo che i giorni successivi sarebbero stati certamente molto lunghi ed intensi grazie all'omicidio sul quale dovevano fare chiarezza.

I suoi impegni, comunque non le avevano tolto dalla testa "Lover", il suo "amico virtuale". Si mise davanti al computer e volle vedere se le aveva scritto di nuovo: questo nuovo modo di conoscersi la stava affascinando di giorno in giorno anche se poi non ci credeva così tanto.

Lui le aveva scritto.

"Ciao Bianca, ho letto solo ora il tuo messaggio. E' la prima volta che mi capita di conoscere una persona tramite internet e ti dico, francamente, che lo trovo veramente inusuale comunque non si può mai sapere nella vita. Io mi chiamo Claudio Retini, così almeno anche tu sai chi sono, non ricordo che cosa ti avevo scritto quando ho letto il tuo messaggio, comunque mi piacerebbe conoscerti un pò di più e sapere qualche cosa di te. Io abito a Brescia, sono laureato e faccio il tuo stesso lavoro (più mille altre occupazioni). Aspetto presto un tuo messaggio Claudio"

Come? Un collega? Non immaginava proprio di incontrare uno che facesse il suo stesso mestiere. Ciò comunque le rese il tutto molto più interessante.

Rispose al suo messaggio subito.
"Ciao Claudio,
scusami se non ti ho risposto prima ma sai, il mio lavoro non mi dà tregua. Faccio la giornalista per il Corriere e visto che anche tu fai lo stesso lavoro sai a che cosa mi riferisco.
Mi ha fatto piacere ricevere un tuo messaggio, veramente anche io ritengo che questo mezzo tecnologico sia alquanto freddo e poco consueto rispetto ai sani rapporti personali che si avevano una volta tra due persone. Pensa un po', ora tra due persone ci deve essere un "ammasso di ferraglie" guidate da un microchip. Ma la realtà di oggi è questa e nessuno di noi può tornare indietro. In fondo pero' questo mezzo consente di conoscere persone di cultura diversa dalla

propria, di luoghi diversi e questo devo dire che mi piace molto. Sono felice di aver incontrato uno che fa il mio stesso mestiere: tra giornalisti ci si capisce ma io a

differenza di te per lo sport sono "un cane" non ci capisco proprio nulla, ad ognuno la sua "specialità". Io mi occupo principalmente di cronaca e ora sto seguendo un caso di omicidio, pensa tu ···
Va bene, ora ti lascio perchè sto scrivendoti dal computer dell'ufficio e se il mio capo servizio arriva "me le suona e me le canta" anche se è una persona squisita.
A presto
Bianca"
Le squillò il telefonino.
– Pronto, sono io, vieni qui subito! –
Era Corbelli, il suo capo servizio.

- Qui dove? - chiese lei.

- A casa del conte di Sansebastiano - le disse.

Uscì dall'ufficio e di lì a pochi minuti era sul posto.

- Che succede? - chiese lei.

- Guarda qui ··· -

Le mostrò un sacchetto in cui c'erano dei pezzi di uno specchio rotto.

- Oh, Dio, sette anni di disgrazie ··· Dov'era? -

- E' stato trovato vicino al corpo del conte - le spiegò.

- Come mai se ne sono accorti solo ora? - chiese Bianca con l'aria stupita.

- No, non se ne sono accorti ora. Lo avevano già trovato, ma volevano capirci qualcosa prima di divulgare la notizia -

- E ci hanno capito qualcosa? -

- Sembra di sì. Il delitto ha le stesse caratteristiche di un altro che si è consumato ai danni di un imprenditore qualche tempo fa. La polizia

sta valutando l'ipotesi di un serial killer –
– Va bene, vado in redazione e preparo subito il pezzo – gli disse uscendo dalla villa.
Appena arrivata in redazione accese il computer e scaricò la posta elettronica.
C'era un messaggio di Claudio.
Lei aveva tardato molto a rispondergli l'ultima volta: il lavoro non glielo aveva permesso.
"Ciao Misteriosa!! Finalmente ricevo una tua mail dopo tanto tempo. Ma spiegami un poco come sei finita a Milano? Io come ti avevo già detto faccio il giornalista come te ma purtroppo, dopo avere lavorato ad un importante giornale nazionale negli anni scorsi sono finito in un quotidiano che ha "resisitito" in edicola solo

per pochi mesi e da allora mi trovo costretto a vivere le lunghe peregrinazioni delle collaborazioni. Scrivo sul Cronista, sono corrispondente a Brescia per una agenzia di stampa e faccio anche un po' di radio come commentatore sportivo e inoltre scrivo per un mucchio di giornali locali. Il risultato di tutto ciò è tanto tempo perso e si guadagna poco, infatti sto cercando furiosamente un posto in un ufficio stampa o altro per sistemare al meglio la situazione economica. Per realizzarmi nella professione andrei in qualunque parte del mondo. Tu non conosci nessuno che abbia da offrirmi un posto da giornalista? Non mi vuoi insieme a te a Milano? A parte gli scherzi se ti venisse all'orecchio qualche lavoro fammi sapere subito ... Dedico molto tempo della mia vita al lavoro, faccio sport, ho 36 anni, sono bellissimo (lo so che non ci credi ma ···) e dimostro molti anni in meno di quelli che ho, sono single e per questo mi è capitato di leggere la tua inserzione su internet .... Raccontami un po' di te, come sei e cosa vuoi dalla vita .... ti aspetto via mail, o via telefono il mio n. è la mail di internet, in attesa ti mando un grosso abbraccio e ti faccio gli auguri per il tuo lavoro ···.. Claudio"

"Vuole un lavoro da me? Ecco il primo che mi si rivolge per una raccomandazione ··· Sono diventata importante!" pensò Bianca ridendo con se stessa.

Prima di scrivere il pezzo riguardante gli sviluppi sull'omicidio Sansebastiano decise di rispondere a

Claudio: un messaggio breve.
"Ciao,
cosa voglio dalla vita? Semplicemente viverla nel miglior modo possibile. La mia è la famiglia migliore che uno possa desiderare ma ora sento la mancanza di qualcosa, una sorta di vuoto interiore dovuto alla mancanza di una "metà" che possa completare la mia esistenza da dividere insieme.
Ora ti saluto, il mio lavoro mi attende. A
prestissimo
Bianca"
Cominciò a scrivere il suo pezzo e senza accorgersene aveva tirato fin quasi alle otto e mezza di sera.
Raccogliere tutti quei particolari e dargli una forma giornalistica le avevano portato via molto tempo.

Prima di uscire dalla redazione, che ormai si era quasi svuotata, scaricò di nuovo la posta.

Era una operazione che tutti loro della redazione dovevano fare ogni tanto per vedere se arrivavano notizie via e-mail.

Vari messaggi e ··· ancora lui.

Cominciò ad avvertire un leggero senso di asfissia da quella pressione che stava subendo da questo emerito sconosciuto.

"Ciao bellissima, ti mando questa foto via mail anche se la scansione non è venuta benissimo.

A presto, un bacione grosso Claudio"

"Oh, finalmente potrò vedere con chi ho a che fare!" pensò.

Vide la foto allegata al messaggio.

"In fondo non è male, anzi,
direi che è proprio carino!
Se tanto mi dà tanto ···".
Prima di andarsene volle
scrivergli.
Intanto le squillò il telefono.
– Pronto? – rispose.
– Ciao, ancora sei lì? –
Riconobbe la voce di sua
madre.
– Il caso dell'omicidio del
conte di Sansebastiano mi
sta portando via un bel po'
di tempo, ma ho quasi finito
··· ma ··· sì, è vero, a cena
dall'avvocato, me ne stavo
dimenticando!   Grazie
mamma –
Voleva finire di scrivergli.
"Ciao,
ho visto la tua foto: my
compliments! Sei veramente
carino,   non   sto   mica
scherzando! Ho letto anche
l'articolo e devo dire che
scrivi bene, anche se io per
lo sport, come ti avevo già
detto,   sono   proprio   "un
cane"   (perdona

l'espressione un pò forte, ma non ci capisco proprio niente!) comunque il modo in cui è scritto non ha nulla da invidiare a nessuno: posso scriverti un romanzo in pochi mesi, ma se mi chiedi di scrivere un articolo di sport ... smetterei di fare questo mestiere! Come sta andando a te?

Adesso devo scappare che sono stata invitata a cena fuori. Ok, ora ti mando un grande bacione e ... passa un buon fine settimana! A presto Bianca"

Uscì dalla redazione e si precipitò subito a casa a cambiarsi.

I suoi erano già usciti, lei li raggiunse.

Passò una serata senza grandi emozioni, aveva voglia di tornare a casa, mettersi a leggere.

Ancora non sapeva come finiva il libro di Alexandra Summer del quale le mancavano una ventina di pagine da leggere.

La sua scrittrice preferita.

Prese in mano il libro ma poi le venne l'istinto di andare al computer: questa "storia virtuale" con Claudio la stava prendendo ogni giorno di più.

"E pensare che non ci credevo!" pensò.

Ai suoi non ne aveva mai parlato ancora. Erano sì genitori moderni, ma pensare che la loro figlia conoscesse un ragazzo via internet, forse non lo avrebbero accettato, così decise di tenere questa cosa per sé, almeno per il momento.

Di nuovo trovò un suo messaggio: stavolta era una lettera vera e propria.

"Ciao splendida.

Ti scrivo una lettera via mail anche se a giorni ti spedirò anche una mia lettera manoscritta, in quanto trovo il computer freddo mentre in una lettera scritta a mano c'è sicuramente più calore. In questi giorni mi stai facendo diventare scemo. Sono sempre ad aspettare un tuo messaggio e tutto ciò non fa che mandare in tilt la mia vita. Lo so, mi sto facendo delle paranoie forse inutili, ma penso sia il caso di porsi qualche domanda. E' difficile "sentirti" in tutti i sensi scrivendosi delle e-mail: il contatto e la quotidianità sono molto importanti, poi quando ci scriviamo capita sovente che non ci si possa dilungare troppo (tipo stamattina) perchè giustamente stiamo lavorando o siamo con altre persone. Io ho molta paura di innamorarmi (e può anche essere che stia già succedendo) di una persona che non conosco. Magari sei circondata da persone, magari stai giocando con me. Lo so che quando leggerai queste righe dirai: "Questo è pazzo", però ho sofferto già troppo per amore e non voglio che capiti ancora. Mi piace il modo in cui scrivi (si vede che sei intelligente e non buzzicona come spesso capita) e forse la cosa che mi attira in te è proprio il tuo mondo lavorativo che è molto simile al mio e sono convinto che tra di noi ci potrebbe essere un dialogo fantastico (una coppia senza dialogo è una tristezza!). Poi da quando sono riuscito finalmente a visualizzarti la curiosità e la voglia di conoscerti crescono giorno dopo giorno. Ho già sbagliato altre volte per amore, ma continuo ad essere sempre lo stesso e sarei capace di cambiare vita e città per la donna di cui sono innamorato. Forse troverai un poco stupide queste cose che ti sto dicendo così alla rinfusa ma piacerebbe sapere anche a me cosa stai pensando di tutte queste cose. Troveremo sicuramente occasione per vederci molto presto (mi auguro) ma è difficilissimo conoscersi nel giro di pochi giorni. Io sono molto istintivo e quindi se una persona mi piace, mi deve piacere subito dopo pochi secondi, ma non so se per te è così. Come concentrare tutto in due giorni? Dobbiamo conoscerci (che non è poco), darci affetto, amore e sesso (fare bene, e sottolineo bene, l'amore insieme, ti sembrerà stupida come frase ma è una cosa importantissima,

non per il fatto in sè ma per ciò che rappresenta e perchè credo sia un collante importantissimo in una

coppia),e quindi mi piacerebbe sapere cosa ne pensi anche su questo punto. Vedersi 3-4 week end è facile ma dopo? Siamo tutti e due già grandicelli per giocare e perdere del tempo, non ti pare? Sì, lo so che ti sto facendo dei discorsi che forse dovresti essere tu a fare a me, ma ho paura di essermi innamorato di te (e mi sento veramente stupido a dirtelo quando non ti conosco per niente ma mi sembra di conoscerti da sempre) e se fossimo vicini sicuramente sarebbe tutto più facile e soprattutto molto più chiaro ... mi dispiace di averti annoiato con queste mie parole che sicuramente sono senza senso ma avevo voglia di parlartene ...
un bacio e un abbraccio forte   Claudio
P.S non sono pazzo lo giuro anche se questa

lettera è un poco sconclusionata".
Rimase quasi sconvolta da quella lettera.
"Lui si è innamorato di me e nemmeno mi conosce? Sarebbe disposto a cambiare vita e città per me? Mi sa tanto che sta correndo un po' troppo. Devo frenarlo un pochino, altrimenti rischio di essere travolta".
Le rispose subito.
"Ciao Claudio,
condivido in pieno tutto ciò che tu dici, ma vorrei un po' frenare su di noi. In fondo non ci conosciamo ancora. Direi perciò di fare un passo alla volta, e,
se è destino ··· Cosa voglio io? Anch'io sono per la solidità e la stabilità dei rapporto di coppia e vorrei per questo anche dirti che non ho molto sofferto per amore perchè i miei rapporti passati non sono mai andati

oltre una bellissima amicizia, per parlarti più chiaramente, non ho mai fatto prima l'amore con un uomo anche se qualche "assaggio" l'ho avuto e, non perchè mi fosse mancata l'occasione, ma il giorno in cui lo farò deve essere con una persona che mi ami veramente e, possibilmente, condivida il resto della vita con me. Non voglio far l'amore con un uomo, solo per "fare un po' di ginnastica" e proprio perchè è un collante importantissimo per un rapporto di coppia, deve essere fatto nel migliore dei modi. Anch'io sono una persona chiara e schietta, che parla in maniera diretta alla persona che ha di fronte (hem, dietro a un monitor!): non prendere questa cosa come una doccia fredda, ma se e quando verrai qui per conoscermi, non puoi pretendere che mi infili nel letto con te e ci conosciamo appena! Forse ti aspettavi una persona diversa? Spero di no, e questa credo sia anche una dimostrazione della mia assoluta buona fede, simpatia e stima profonda nei tuoi confronti, però su questo punto, visto che mi hai chiesto un tuo parere, ho voluto essere chiara fin dall'inizio. Per capirci: non sono il classico tipo da "sindrome da prima notte di nozze". Quando io conoscerò la persona giusta per me, tra noi si creerà un ottimo

rapporto, ci conosceremo bene perchè, come tu dici, non siamo dei ragazzini e magari programmiamo di sposarci, non vedo il motivo per cui si debba aspettare il matrimonio per fare l'amore con il proprio partner, non la trovo una cosa giusta. Perdonami, forse ti avrò annoiato a morte con queste mie chiacchiere, ma, intanto ti ho raccontato un pezzetto di me e, soprattutto, spero di non averti deluso. Per quanto riguarda tutto il resto, voglio chiederti una cosa, confidenza per confidenza. Mi dici che in passato hai sbagliato diverse volte in amore: quali sono stati i motivi di questi errori? (se vuoi parlarne, si intende!) Ti ringrazio di avermi giudicata una persona intelligente e non una "buzzicona", perchè, ne hai conosciute? Questo è stato merito della scuola sì, ma soprattutto della mia famiglia. Non l'ho detto mai a nessuno perchè non sono presuntuosa nè una che si vanta, di nulla. Stasera ti racconto di me "in pillole" e sai ... anch'io credo proprio che mi sto innamorando di una persona che nemmeno conosco, una persona molto intrigante, che fa il mio stesso mestiere e con la quale credo che passerei dei momenti indimenticabili a parlare ... e chissà cos'altro.

Avrei anche altre cose da dirti e non abbandoniamo la pratica di scriverci, possiamo essere lunghi quanto vogliamo e raccontarci tutto quello che, magari, al telefono non potremmo dirci. Mi chiedevi se ho persone intorno a me? Ovviamente intendevi

uomini, no? Attualmente no. Ho conosciuto un ragazzo che vive qui a Milano, ma ci ho fatto solo un paio di passeggiate e basta: è molto timido ed anche un pochino imbranatino con le ragazze, credo. Ecco le persone che mi ruotano attorno in questo momento. Stabilità, sicurezza, affetto, amore è quello che cerco e che sono capace di dare. Va bene, ora ti mollo, altrimenti poi mi dici che "parlo troppo" e non mi vuoi più bene. E ricordati una cosa: non devi aver paura di innamorarti, è un sentimento troppo bello! Alla prossima e ... il bacio è arrivato e te ne mando uno anch'io con un grande e tenero abbraccio.

Bianca"

Intanto si era fatta l'una di notte e decise che era arrivato il momento di andare a letto.

Il giorno successivo un'altra pesante giornata di lavoro l'aspettava in agguato.

Non dormì molto ripensando alle parole che Claudio le aveva scritto e alle quali lei aveva ribattuto colpo su colpo. Questa situazione le sembrò che le stesse sfuggendo di mano, anche se in realtà non era così.

Ebbe la sensazione che lui stesse correndo troppo.

Finalmente riuscì a prendere sonno.

Al mattino presto scese al piano di sotto, prese un caffè alla svelta e uscì di casa salutando i suoi come di consueto.

In redazione c'era un gran fermento.

- Che cosa succede? - chiese ad Ottavio, un suo collega.

- E' stato arrestato chi ha ucciso il conte di Sansebastiano! - le disse.

Corse subito dal capo.

- Come sarebbe? Hanno arrestato il killer? - chiese.

- Sì, è un rapinatore ricercato da tempo per altri crimini: a me comunque non convince questa storia - le disse.

- E il particolare dello specchio in pezzi? - domandò lei.

- Ecco perchè non mi convince. Senz'altro non è

stato lui. Ma chi, allora? Ho parlato proprio ora con la polizia: hanno tanta fretta di chiudere questo caso e loro sono convinti al cento per cento della colpevolezza dell'arrestato –

– Ma non gli hai chiesto dello specchio? – domandò Bianca.

– Sì, ma non mi hanno dato nessuna risposta convincente. Dicevano che lo specchio potrebbe essersi rotto durante una colluttazione con la vittima e quando gli ho chiesto dell'altro caso in cui c'era sulla scena del delitto lo stesso specchio rotto mi hanno detto che era solo una coincidenza. Il fatto è che io non ci credo! –

– E neppure io – ribattè Bianca.

– Vado a parlare con la moglie del conte, forse mi chiarirà un po' le idee – disse Bianca prendendo la borsa.

Lasciò la macchina davanti al cancello della villa.

Una residenza del seicento completamente rimessa a nuovo. Un parco immenso con le varietà di piante più inconsuete: persino una fontana con i fiori di loto.

Sul lato destro una copertura nascondeva la piscina e un grande solarium.

Davanti alla casa era parcheggiata una macchina con l'autista lì ad aspettare che qualcuno uscisse.

Era rimasta solo la contessa in quella immensa casa.

Suonò quasi timidamente il campanello.

Una domestica venne ad aprire.

– Vorrei parlare con la contessa, se possibile – chiese Bianca cortesemente.

- Gliela chiamo subito, si accomodi nel salone, venga, le faccio strada -
La accompagnò.
Attraversarono diverse stanze e quella villa doveva essere costata un occhio della testa.
Mobili antichi, tappeti persiani, quadri d'autore alle pareti: riconobbe un Gauguin e un Rembrandt passando. Anche lei si intendeva un po' di arte.
Il salone era grandissimo con tre grandi finestre con vetri all'inglese e tende di pesante seta chiara che davano luminosità alla stanza.
Si guardò intorno.
"I girasoli di Van Gogh!" pensò guardando quel quadro appeso al muro.
Quel quadro la lasciò di sasso.
Era autentico o una imitazione?

Capì allora che la storia della rapina non poteva certo reggere: qualcos'altro c'era sotto e lei doveva scoprirlo.

– Buongiorno signorina, le piace? E' una imitazione ma molto ben fatta da un pittore quasi alla pari dell'autore originale ··· – le disse la contessa.

Bianca si voltò per salutarla. Le porse gentilmente la mano.

Vide che la contessa ebbe un leggero turbamento appena vide il suo volto.

Non ci fece caso.

– Contessa, so che è un momento non proprio propizio per fare domande, ma mi è sembrato che la polizia abbia avuto tanta fretta nel chiudere questo caso come omicidio a scopo di rapina ··· – disse Bianca.

– Sì, è vero, comunque è stata una rapina: nessuno poteva voler male a mio marito tanto da volerlo morto – le disse con l'aria stralunata.

"Evidentemente i tranquillanti che il medico le aveva dato dopo il delitto le stanno facendo questo effetto" pensò Bianca notando l'espressione della contessa.

Rebecca Prosperi, la contessa.

Un brillante avvocato che gestisce uno degli studi legali più esclusivi di Milano.

Conobbe Nicola durante l'inaugurazione di una galleria d'arte quarantadue anni prima.

La galleria Antesia. In quel periodo raccoglieva le
più importanti opere d'arte del mondo.

Metteva in mostra e vendeva pezzi dall'inestimabile valore.

Quel pomeriggio di marzo del 1957 la galleria aprì i battenti per la prima volta.

Un grande tappeto rosso all'esterno accoglieva i numerosissimi invitati anche se appartenenti ad una schiera d'elìte.

L'ingresso, addobbato con due grandi piante verdi ai lati illuminate a mò di albero di Natale, con mille lucine bianche, era fatto di una porta antica in pesantissimo legno di radica di noce.

Il proprietario della galleria, Sir Antony Bennon, un nobile inglese che aveva raccolto in giro per il mondo tutti quei pezzi così rari e costosi.

Rebecca, una bellissima ragazza mora, longilinea, con dei begli occhi azzurri attirò subito l'attenzione dei presenti.

– Buonasera, signorina Prosperi, venga, le faccio fare un giro della galleria –

la invitò cortesemente Sir Bennon baciandole la mano e porgendole cavallerescamente il braccio.

Sir Bennon era un vecchio lord inglese, piuttosto attempato ma ancora sensibile al fascino femminile.

– Questo che vede è un Cezànne – le disse indicandole il quadro appeso alla parete.

Si voltò un ragazzo che stava ammirando anche lui il quadro.

– Conte Nicolaj, buonasera, come va? – gli disse l'inglese avendolo riconosciuto.

– Conte Nicolaj ⋯ che novità è questa? Vieni qui, da quanto tempo non ci si vedeva ⋯ – gli disse il ragazzo abbracciandolo affettuosamente.

– Oh, scusami, che maleducato, dimenticavo di

presentarti la signorina Rebecca Prosperi, una mia cara amica di famiglia – li presentò.
– Piacere di conoscerla, conte Nicolaj – gli disse timidamente e porgendogli la mano.
Lui gliela baciò.
– Va bene, devo tornare di là, ho altri ospiti che stanno arrivando, voi due intanto fatevi un giretto ⋯ – si congedò Sir Bennon.
– Conte Nicolaj ⋯ a volte quello non sa ciò che dice, gli piace molto un buon bicchiere e allora ⋯ vede che effetto fa? Io mi chiamo Nicola, più semplicemente, che sono conte è vero, discendo dalla famiglia degli Zar di Russia Romanov, ma non mi piace che me lo facciano pesare di fronte agli altri – le spiegò lui.
– Allora come devo chiamarla? – gli chiese.

Quel ragazzo cominciava a piacerle e, a quanto sembrava, anche lei a lui.

Passarono l'intera serata insieme e all'uscita dalla galleria si diedero appuntamento per il giorno successivo.

Gli appuntamenti divennero sempre più frequenti fino a che, l'ultimo di una lunga serie fu ··· davanti all'altare del Duomo di Milano.

Si sposarono infatti esattamente lo stesso giorno in cui si erano conosciuti, il 23 marzo, di due anni dopo.

– Contessa, mi perdoni, ma vorrei vederci un po' più chiaro riguardo alla morte di suo marito ··· – le disse Bianca.

– E' stata una rapina, non ha visto come avevano ridotto la villa? – le rispose alterata.

– Sì, è vero, ma non crede che possano averlo fatto per depistare le indagini della polizia? – domandò Bianca.

– Chi ⋯ chi può averlo fatto? – chiese la contessa che era quasi in preda ad un attacco d'ira.

– Il vero assassino ⋯ – la incalzò Bianca, ma con molta calma.

– Perchè, lei crede che la persona arrestata non sia il vero assassino? – chiese la contessa.

– No, io credo di no ⋯ – le rispose Bianca.

– E chi pensa possa essere? –

– Non ne ho idea, ma quello della rapina non era certo il movente, comunque, non spetta a me indagare e mi perdoni se sono stata un po' insistente – disse Bianca alzandosi dal divano dove era seduta, per andarsene.

La contessa aveva assunto una espressione strana: lo

sguardo perso nel vuoto, si era buttata letteralmente con la schiena sulla poltrona come se quella conversazione l'avesse stremata.

Passando lungo il corridoio notò, sulla parete alla sua destra, un quadro: era un ritratto di un volto femminile, non era d'autore, però aveva qualcosa che la incuriosì.

Non riuscì a spiegarsi cosa fosse.

Ritraeva una donna in abiti del seicento, evidentemente una antenata di quella famiglia, ma quel volto in qualche maniera le sembrò familiare, come se lo avesse già visto da qualche parte.

Non ci fece caso.

"Se ne vedono talmente tanti di questi quadri che sembrano tutti uguali!" pensò.

Appena rientrata in redazione c'era il suo capo

che la stava aspettando seduto alla sua scrivania.

– Non sono riuscita a cavare un ragno dal buco con la contessa, mi dispiace ... Lei è convinta della versione della polizia: omicidio a scopo di rapina – gli spiegò.

– Ho appena chiamato la polizia ed ha già archiviato il caso – le disse.

– Che velocità? E domani che cosa scriviamo? Doveva venir fuori un giallo e invece ... – disse Bianca ormai rassegnata.

– Scriviamo solo quello che si sa e quel poco che si è riusciti a sapere in più. Pazienza ... – le disse il capo.

Si alzò dalla scrivania e se ne tornò nel suo ufficio.

Bianca si sedette.

Era scoraggiata per come erano andate le cose: sperava di poter fare qualcosa di più.

Accese il computer, controllò i messaggi.
Le solite notizie di cronachetta provinciale e ··· di nuovo Claudio.
Le sollevò un po' il morale vedere un suo messaggio.
Lo volle aprire subito, prima di scrivere il suo pezzo.
"Ciao piccola.
Ho letto con piacere la tua lettera. Forse hai frainteso, ho forse mi sono spiegato male, quando ti ho parlato di fare l'amore insieme. Non voglio assolutamente che se e quando ci vedremo tu debba cascare tra le mie braccia e buttarti in un letto a fare un poco di ginnastica. Non ho paura di innamorarmi, ho solo paura di come potremo gestire questa situazione, ma ti prometto che se tra di noi scoccherà qualche cosa sono pronto a venire da te subito e cambiare vita per costruire qualche cosa

insieme. Lo so che sto dicendo delle cose molto forti ma mi sento di dirtele .... Non vedo l'ora di vederti, di darti il primo bacio e di "scoprirti" piano piano, senza fretta e di scoprire il tuo corpo vedrai sarà bellissimo!
Per quanto riguarda i miei amori passati mi è successo di innamorarmi due volte come si deve ma purtroppo è tutto andato in fumo. La prima storia è stata con una ragazza conosciuta nel mondo dello sport di cui mi sono innamorato il primo giorno che
l'ho vista, dopo poco ho scoperto che era fidanzata ma siccome anche lei si era presa una bella cotta per me ho continuato a vederla ugualmente diventandone l'amante. Così per tre lunghi anni bellissimi ma difficilissimi ma io che come ti ho detto se mi innamoro

faccio di tutto continuavo a resistere mentre lei non riusciva a mollare il suo legittimo (non se la sentiva anche se erano solo più amici), poi dopo tre anni la svolta, lui la tradisce stufo di andare a "buca" lei se ne accorge e lo molla, si mette con me ma dopo quindici giorni decide di restare sola perchè non riesce a dimenticare tutto il dolore del passato. Buffo vero, mi sono buttato anima e cuore in quella storia per poi restare con un pugno di mosche in mano. Per quello che ho paura di innamorarmi di te, perchè tu per me diventi la "cosa" più importante della mia vita, sei davanti ad ogni cosa, ad ogni situazione. Io sono disposto a lasciare tutte le cose che ho qui per te, e darti amore, sicurezza e tanto tanto affetto, questo sono certo ma ho bisogno, un bisogno estremo di sentirti vicino e di sapere che hai voglia di me, ma la lontananza mi spaventa un casino.

Adesso ti lascio e la smetto di seccarti con le mie lagnanze e vado a dormire spero di sognarti un poco, ti penso e ti ···Tanti baci, carezze e ··· Claudio"
Stava decisamente correndo un po' troppo per i suoi gusti e a questo punto non ci credeva più così
tanto.
"Com'è possibile che una persona che non mi conosce neanche sia capace di tali slanci? Per me è ancora un bambino ··· " pensò, ma decise di rispondergli: voleva vedere come andasse a finire.
"Ciao Claudio,
ho letto ancora con moltissimo piacere le tue parole e mi dispiace per quella storia che ti ha fatto

tanto soffrire. Scusami se in qualche modo sono stata un pò troppo brusca nelle espressioni, ma nelle cose che contano io parlo con estrema chiarezza. So che la mia lettera era un po' lunghina e forse ti ha annoiato, ma vedi, sentivo di dirti quelle cose. Come te anche io, se conosco la persona giusta e me ne innamoro, per me esiste solo lei e nessun altro. Metto la persona amata davanti a tutto e a tutti: anch'io sono per la dedizione assoluta alla persona amata anche perchè penso che i tradimenti siano brutti, da entrambe le parti. Tu non lo hai provato perchè in quella storia facevi il ruolo dell'"amante" però certo quella storia poteva anche diventare importante. Tornando a me. Perchè fino ad ora non ho avuto nessuno? Vedi, tu puoi capirmi perchè facciamo un po' lo stesso lavoro. Fino a dieci anni fa non riuscivo a trovare un lavoro che fosse soddisfacente per me professionalmente, ma anche economicamente. Poi la svolta. Ho deciso che volevo fare la giornalista. I miei genitori mi hanno mandata a studiare negli Stati Uniti: quando sono tornata in Italia ho trovato un ambiente del tutto diverso, molto più difficile da gestire. Ho prima iniziato con un quotidiano locale per poi "approdare" al Corriere. E così sono passati anni in cui davanti a tutto ho messo il lavoro e poi, ti dico con tutta sincerità, spesso i ragazzi che vivono qui vivono solo per le loro macchine, per le loro manie, queste cose io non riesco a sopportarle: non che ognuno non debba avere i propri piccoli vizi, ma qui è portato a volte all'esasperazione e così mi sono affidata al "mezzo tecnologico" affinché mi aiutasse a trovare una persona di una cultura diversa, sicuramente migliore e senza troppi grilli per la testa, così come sono io, insomma. Molte persone, anche amiche di mia madre, mi dicono spesso: "Ma perchè non ti sposi? Qui ci sono tanti bei ragazzi!" Questa domanda mi manda letteralmente il sangue agli occhi per due motivi: primo, perchè quelle persone dovrebbero farsi un po' di più gli affari loro, secondo perchè quando deciderò di sposarmi, non sarà certo con un "buzzicone". E poi, come già ti avevo accennato, facendo il lavoro che faccio, un rapporto con una persona che mi dice di lasciare il mio lavoro per stare in casa, beh, mi dispiace ma proprio non lo accetto. Ho fatto tanti di quei sacrifici e tanti ancora ne sto facendo (e tu mi capisci) per averlo e magari, il primo che capita mi dice che devo mollare tutto? No, no e ancora no! Soprattutto per una donna

il lavoro di giornalista è visto come qualcosa che non ti fa dedicare alla famiglia come si dovrebbe, ma sono una persona "dalle spalle larghe" che può benissimo fare l'una e l'altra cosa. Questo te l'ho detto tanto per farti capire che tipo sono. Ora non ti annoio più, altrimenti dici che parlo troppo, ma quando sono davanti ad una tastiera "mi partono le mani" e non so più come fermarle, soprattutto se dall'altra parte so che c'è una persona che sa ascoltare ... hem... leggere! Ti mando un abbraccio Bianca"

Non appena ebbe spedito il messaggio sentì squillare il telefono.

– Pronto? – rispose.

– Salve, sono Patrizi, le telefonavo per quel messaggio che le avevo mandato riguardo al problema dei servizi sociali in città ⋯ –

– Ah, sì, ora ricordo. Mi scusi, ma in quest'ultimo periodo siamo stati molto impegnati per il caso dell'omicidio del conte di Sansebastiano che le altre notizie sono passate un po' in sordina ⋯ – spiegò Bianca.

Patrizi era un uomo molto pacato, gentile nei modi ed era anche un amico di vecchia data di suo padre.

Spesso in passato le aveva chiesto di scrivere articoli riguardanti i servizi sociali, perchè di questo lui si occupava.

Sposato. Di recente Bianca aveva saputo che il suo matrimonio era fallito e che aveva una compagna.
Dalla moglie aveva avuto due figli.
– Facciamo così, stasera vengo a trovare suo padre e così ne possiamo parlare tranquillamente. Va bene? – le propose.
– Per me va bene, facciamo verso le otto, a quell'ora dovrebbe essere tornato –
Si accordarono per quell'ora.
Dopo dieci minuti sentì di nuovo squillare il telefono.
– Mi scusi, sono ancora io ⋯ ma ⋯ vede ⋯ forse a quell'ora disturbo ⋯ – disse Patrizi in tono incerto.
Bianca cominciò a nutrire qualche perplessità.
– Non si preoccupi, non disturba affatto ⋯ – gli rispose gentilmente.
– D'accordo, allora alle otto – e riagganciò.

Neanche due minuti: di nuovo il telefono.

"Uffa, ma che diavolo succede stasera!" pensò.

- Mi scusi ancora ma volevo dirle che ··· insomma, sì, se potevamo vederci da soli ··· - chiese Patrizi a Bianca.

Lei immaginava una cosa del genere ma voleva che lui si scoprisse definitivamente.

- Senta, cerchi di trovare altrove quello che sta cercando e non provi più a fare una cosa simile. Sa il lavoro che faccio e sa anche che potrei rovinarla da un minuto all'altro, brutto porco che non è altro! - gli urlò Bianca con tutto il fiato che aveva in corpo buttando giù il telefono.

- Bianca, che ti succede? - le chiese un collega.

Tutta la redazione guardava lei.

- Ho solo liquidato uno che ci voleva provare ··· - disse

Bianca con la sua espressione che era tornata calma.

Meditò una vendetta sottile.

Scrivere un articolo sul giornale prendendo a pretesto il tema delle molestie sessuali.

– Non devi farti trascinare dalle emozioni: rischieresti di prendere un abbaglio … – le disse il capo.

– Non prenderò nessun abbaglio. Voglio solo colpire al cervello quel maniaco … farò piano piano, te lo prometto! – lo rassicurò Bianca con un sorrisino sarcastico.

Prima di mettersi al computer però decise di raccontare a Claudio questa storia e si mise a scrivergli.

"Ciao, stasera ho avuto una brutta sorpresa: una persona che credevo amica, beh, insomma … ci ha provato con me! Sto scrivendo un pezzo che

intendo far uscire domani sul giornale. Puoi darmi una mano anche tu? Non vorrei che mi sia lasciata prendere troppo la mano. Già io ci sono andata piuttosto pesante, il resto tocca a te, dal punto di vista maschile, se ne verrà fuori uno scoop la metà dei compenso dell'articolo sarà tuo, se poi riuscirò a conquistare anche una locandina la mia vendetta sarà completa. Poi l'articolo, una volta finito, lo spedirò per posta a quel figlio di buona donna promettendogli di rovinarlo. Leggilo e ... consumiamo insieme questa vendetta. Cosa avresti fatto se ci fossi stato tu vicino a me in quel momento, a parte spezzargli un braccio ... ? Ok, consumiamo questa vendetta insieme. A presto. Bianca"
Si mise a scrivere l'articolo e per prima cosa lo spedì

per posta elettronica a Claudio.

La risposta non tardò a venire.

"Ciao, ho letto attentamente il tuo pezzo e ho fatto alcune modifiche (ti prego non odiarmi per questo) in quanto l'hai scritto di getto e con molta rabbia addosso e ti sei (secondo me) lasciata prendere dalla foga di scrivere a tutti i costi qualche cosa tralasciando quale è il tuo vero obiettivo: raggiungere il personaggio e colpirlo direttamente al cervello.

Spero non mi odierai tanto ma, tenendo inalterato il tuo racconto, ho cercato di renderlo leggibile anche da parte di quelle persone che magari hanno vissuto la tua stessa esperienza ed ho inoltre tolto alcune ripetizioni che mi sembravano appesantissero troppo il racconto. Leggilo e poi dimmi cosa ne pensi.

Tornando a noi (ma dopo tutte quelle cose che ti ho corretto nel pezzo avrai ancora voglia di scrivermi?) se fossi stato io con te (al di là della voglia fisica di spezzargli un braccio) in primo luogo ti sarei stato vicino per farti sentire che ci

sono io a proteggerti (da qui è difficile fartelo sentire ma spero di esserci riuscito un pochino) ma avrei usato una vendetta molto più sottile telefonandogli e facendo venire una paura fottuta che tutta Milano venga a conoscere quanto è accaduto.

Vorrei esserti vicino in questo momento ma mi rendo conto che per te sono un estraneo e che quindi forse non mi vorresti neanche vicino a te ma sento un'atmosfera e una sintonia con te veramente particolare e potrei diventare una bestia se qualcuno dovesse mai farti del male. Ho voglia di vederti e di passare con te dei momenti splendidi ma forse ti sto spaventando con tutte queste mie parole e magari non hai più voglia di vedermi. Un abbraccio forte e un bacio dal tuo "amico" di matita. A più tardi. Claudio".

P.S. Ecco l'articolo, come promesso:

"Quello delle molestie sessuali è un tema cui spesso dedichiamo poca importanza (ma molta curiosità) sino a quando non bussa alla nostra porta, diventando così una drammatica storia di vita. Tutto questo nasce da un fatto avvenuto in questi giorni a Milano. Protagonisti

un uomo sulla sessantina che, proteggendosi dietro il suo potere e con la scusa dell'amicizia con i familiari della ragazza, la
molesta telefonicamente con frasi e richieste molto esplicite. Lei, bella e giovane, ha (o meglio aveva) con quest'uomo un rapporto professionale legato anche dall'amicizia con i suoi familiari. Un bel giorno lui le telefona per questioni di lavoro e, senza mezzi termini, le dice: "Vorrei stare solo con te". A fare cosa è facilmente immaginabile (nessuno crede più alle collezioni di francobolli) ma lei trova il coraggio di rispondergli per le rime e lo scarica senza pietà. Lui non si dà per vinto e la tempesta di telefonate con le scuse più svariate per riuscire nei suoi loschi intenti, ma la ragazza racconta tutta la storia ai

suoi familiari che depennano il losco figuro dalla pagina degli amici per porlo in quella degli "infami". Chi è l'uomo? E' sposato, con figli, è una persona stimata e conosciuta in città, ricopre un importante incarico nella vita pubblica cittadina, ed ha (o meglio aveva) la fama di un'integrità morale ineccepibile. Ci si può aspettare un gesto del genere da un personaggio così? Forse sì: è il classico "fuoco che cova sotto la cenere"; una persona evidentemente frustrata sessualmente che cerca con una bella e giovane ragazza (approfittando della sua amicizia) di appagare i suoi istinti repressi. In questo caso la risposta di lei è stato un bel "due di picche" e un invito a cercare altrove ciò di cui ha bisogno: ad esempio lungo i marciapiedi, visto che di quello sembrava essere alla ricerca ma quante volte invece, soprattutto nel mondo del lavoro, la donna non riesce a ribellarsi ai soprusi di personaggi "in vista" e "potenti" e finisce poi per cedere alle avances per salvaguardare il proprio posto di lavoro? Come finirà è difficile a dirsi. La ragazza medita una denuncia dei fatti alle autorità competenti e se così sarà, per l'uomo si prospettano dei brutti giorni a venire che, uniti al pubblico ludibrio, faranno spegnere i riflettori su un personaggio che sembra non essere nuovo a fatti come questo. Si diranno tante cose su questa storia pro e contro l'uno o l'altra e, probabilmente, si accuserà la ragazza di aver in qualche modo "provocato" l'uomo, ma, comunque vada a finire, ad uscire sconfitta da quanto sopra resterà solo la società in cui viviamo .... e poi dicono che il progresso migliora l'uomo".

Le piacque molto l'impostazione che gli aveva dato e così com'era lo spedì perchè fosse pubblicato il giorno successivo sul giornale.

Intanto in un successivo messaggio Claudio l'aveva avvertita che sarebbe partito di lì a pochi giorni per venirla a conoscere e le aveva lasciato il suo numero di telefono.

Lei gli telefonò quel giorno stesso: finalmente sentì la sua voce e le piacque, e a lui la sua.

– Non mi sento molto bene oggi, ho un gran raffreddore ··· – gli disse.

Credeva che passasse in pochi giorni.

Tutto era pronto. Lui stava per partire per andare a conoscere Bianca.

Era letteralmente euforico per questo: dall'altra parte lei, che la sera precedente gli aveva telefonato.

- Ciao Claudio, vedi, devo dirti una cosa, io purtroppo sto male, ho un bruttissimo raffreddore che non mi fa respirare - gli disse con la voce roca.

Il giorno precedente era stata in giro per lavoro e il caldo, con l'aria condizionata della macchina le aveva fatto prendere il raffreddore.

- Non preoccuparti, ci vediamo lo stesso - le rispose lui sicuro di sé.

Lei era un po' titubante, soprattutto questa sua insistenza cominciava a disturbarla un po'.

La notte lei non era riuscita a chiudere occhio.

Al mattino si alzò dal letto controvoglia.

- Buongiorno! - salutò i suoi genitori scendendo le

scale con il suo inseparabile fazzoletto davanti al naso.

Aveva la faccia sconvolta, gli occhi semichiusi e una tosse terribile.

- Perchè ti sei alzata? - le disse sua madre.

- Vedi, ho un importante impegno di lavoro al quale non posso mancare - rispose lei.

In fondo però anche lei era curiosa di conoscere personalmente Claudio, è solo che in quel momento non se la sentiva proprio. E poi la sua insistenza:

era arrivato al punto di telefonarle anche tre volte al giorno!

Uscì di casa, sebbene non ne avesse la minima voglia e andò nel luogo dove dovevano incontrarsi: un locale di Milano.

Lei lo vide entrare. Avrebbe voluto nascondersi! Non era affatto come nelle foto che le aveva mandato in cui le sembrò molto più carino.

Lo riconobbe solo dal viso. Tutto il resto ··· era noia!

"Mamma mia, non bastava il mio raffreddore ad essere brutto!" pensò sconsolata.

Intanto lui si avvicinava a grandi falcate. Appena la vide allungò ancor più il passo e le dispensò uno dei suoi migliori sorrisi. Migliori ··· si fa per dire!

Lei abbozzò un sorriso, forzato.

Si strinsero la mano e si salutarono con due baci sulle guance.

Si sedettero ad un tavolo. Bianca però cominciava a star male sul serio. L'aspetto di lui non le importava più niente. Sentiva dei dolori alle spalle ad ogni respiro.

Non disse nulla.

– Come sta la mia malatina ··· – le disse premuroso.

- Non molto bene, purtroppo. Se avessi saputo questo certo ti avrei detto di non venire - gli disse lei.
- Non preoccuparti: un raffreddore non può metterci in difficoltà, no? - rispose lui.
Per un po' parlarono di lavoro ma lei stava male sul serio.
- Scusami Claudio, ma io non mi sento affatto bene, voglio tornare a casa! - gli disse lei.
Evidentemente non si trattava più di un semplice raffreddore.
- Va bene, torno a trovarti più tardi - le disse.
La sua espressione era cambiata.
Quel sorriso che lo aveva accompagnato da quando era arrivato, adesso era scomparso dal suo viso.
Aveva assunto un'aria quasi arrabbiata.

Bianca si congedò da lui e rientrò a casa.

Brividi di freddo pervadevano tutto il suo corpo.

– Cosa ti succede? – le disse sua madre appena la vide rientrare pallida e in preda ai brividi.

– Mamma, credo di non sentirmi molto bene – rispose lei con la voce malferma e che se ne stava andando ogni minuto di più.

Corse in camera sua e prese il termometro.

Attese pochi minuti.

Trentotto e mezzo di febbre!

– Mamma, credo di avere la febbre! –

Nonostante stesse male non aveva perso, come non lo perdeva mai, il suo senso dell'umorismo.

– Chiamo subito il dottore: tu non ti muovere da lì – le raccomandò sua madre.

Di lì a pochi minuti il loro medico di fiducia era arrivato.

– Hai fatto presto! – gli disse, ormai con un filo di voce.

– Ciao Bianca, non potevo certo lasciarti così ··· – le disse.

La visitò e la diagnosi fu quella di una influenza virale con un principio di polmonite: ecco spiegato il motivo dei dolori alle spalle.

– Mettiti a letto e prendi queste cose che ti prescriverò. Se farai la brava entro cinque o sei giorni starai meglio – la ammonì il medico.

Lui la conosceva fin ad quando era piccolissima. Tutta la famiglia si fidava molto di lui e ricorreva a lui in ogni circostanza.

– Come? Cinque o sei giorni? E il mio lavoro? – gli disse ormai senza più voce ma alzandosi a sedere sul letto.

- Il tuo lavoro può aspettare che tu ti rimetta bene: non ci scherzare, è una forma virale molto seria e ti potrebbe portare anche gravi conseguenze se non la curi. Ah··· e dì ai tuoi di starti lontani: è contagiosa! - concluse il medico prendendo la borsa.

La salutò come era suo solito, con un bacino sulla guancia, come quando lei era bambina.

- Dì a tua figlia di stare a letto e voi non le state troppo vicini - disse a sua madre.

Pochi attimi dopo che il medico se ne fu andato lei sentì squillare il suo cellulare.

"Claudio ··· l'avevo dimenticato!" pensò vedendo il numero sul display.

- Ciao, allora come stai? Io volevo uscire un po' con te ··· - disse lui.

- Come? Uscire con me? Guarda che io sono a letto con trentotto e mezzo di febbre! - rispose lei sforzando incredibilmente le sue corde vocali.

- Cosa? A letto ··· ma come sarebbe. Trentotto e mezzo di febbre non può fermarti così, sono venuto qui per te, non dimenticarlo! - le disse arrabbiato.

- Credo proprio che tu sia impazzito ··· e poi non posso parlare, lo senti? - E lei riagganciò il telefono e lo spense.

"Che diavolo di persona mi doveva capitare ··· " pensò.

Quando furono passati tre giorni e la febbre era scomparsa decise di alzarsi e mettersi al computer per passare un po' di tempo.

Scaricò la posta elettronica.

Tra i tanti messaggi di lavoro ce n'era anche uno di Claudio.

Lo aprì.

"Ti scrivo dopo tre giorni con la mente più calma ma di certo l'arrabbiatura non mi è passata. Mi hai trattato veramente in un modo stupido. Fosse capitato a me di stare male ti avrei comunque detto di stare un po' con me a casa mia visto comunque il tutto. Io per te e solo per te ho perso due giorni della mia vita. Meno male che io ho pure telefonato per te a "Reportage" cercando di agevolare la tua collaborazione (cosa che non ti avevo detto perchè non mi piace fare pesare le cose agli altri). Ti sei dimostrata molto immatura con me e la cosa mi dispiace enormemente in quanto come ti dissi più volte, ho già sofferto troppo

per amore, invece anche tu ti sei presa gioco di me ···povero illuso io che credevo anche di potere magari costruire qualche cosa con te ···"
Rimase sconvolta da quel messaggio.
Dato il suo carattere non volle rispondere per e-mail.
Decise di affrontarlo direttamente al telefono.
Fece il numero.
Era libero.
– Pronto? – rispose.
Lei riconobbe subito la sua voce.
– Non so cosa ti sia passato per la testa. Intanto hai fatto una cosa che non si dovrebbe mai fare e cioè quella di rinfacciare agli altri le proprie azioni: rischieresti di perdere definitivamente la stima che quella persona nutre nei tuoi confronti e poi credi che con tutti gli impegni che ho, avrei avuto tempo da

dedicare ad un altro giornale? Cosa credevi che facendo questo avresti ottenuto qualcosa da me? Se è così ti sei sbagliato di grosso. Ti sei comportato da "ragazzino al quale hanno rubato la caramella". Sei proprio patetico. Ora non voglio più sentirti, mi hai proprio disgustato! – disse lei tutto d'un fiato. Dall'altra parte non giungeva risposta né la minima reazione.

Riagganciò il telefono e lo spense.

Quella storia per lei era chiusa, definitivamente.

Era delusa per il fatto che in fondo in fondo quella persona le era parsa simpatica.

Da quel giorno decise che nei suoi rapporti con il prossimo, specie se di genere maschile, il computer non doveva più entrarci: il sano rapporto

umano era sempre la migliore delle soluzioni.
E poi a lei sono sempre piaciuti i bei ragazzi.
"Non è vero che la bellezza non è tutto" pensò.
E la storia appena vissuta ne era la testimonianza tangibile.

Questa brutta avventura, ma soprattutto la delusione provata fecero ancor di più comprendere a Bianca che avrebbe dovuto usare Internet solo per lavoro e nient'altro.
D'altro canto fin dall'inizio lei non ci aveva mai creduto fino in fondo.
Era un po' avvilita e decise di andare a letto prima del solito quella sera.
Aprì il cassetto del suo comodino e vide il libro che stava leggendo addirittura prima di occuparsi della Enero Computers.

"Chissà come andrà a finire?" pensò.

Decise che quella sera lo avrebbe finito di leggere. Le mancavano sì e no una ventina di pagine.

Sentì bussare alla porta.

- Avanti! - disse.

- Ciao, allora, hai visto quei documenti che ti ho dato? - le chiese suo padre.

- Sì, ma che cosa sono? - domandò lei, curiosa.

- E' lo stato patrimoniale di una famiglia per la quale sto lavorando ora - le rispose il padre.

- Accidenti! Sono messi piuttosto bene. Papà, hai beccato dei pesci grossi stavolta ... - gli disse ridendo.

- Sì, forse. Senti, Puoi farmi un favore? Puoi mettere tu questi documenti in cassaforte non appena li avrai visti bene? Non voglio che girino troppo per casa! - le chiese.

- Certo, li guarderò meglio e domani mattina lo farò subito e poi ne parleremo - rispose lei.
- Buonanotte tesoro - la salutò suo padre dandole un bacino sulla fronte come quando era bambina.
Per i suoi genitori lei era sempre "la loro bambina" e a lei essere coccolata un po', anche se era ormai grande, non dispiaceva affatto.

* * *

Il mattino successivo si alzò di buonora e già erano tutti in piedi in casa.
- Che succede, siete caduti giù dal letto stamattina? - disse scherzando ai suoi mentre scendeva le scale che portavano nell'ampio salone.
- Dobbiamo andare a fare delle commissioni urgenti prima di andare al lavoro.

Ciao, ci vediamo a pranzo, tesoro – la salutarono uscendo di casa.

Lei si ricordò allora del favore che le aveva chiesto suo padre la sera precedente: mettere quei documenti in cassaforte.

Tornò in camera sua e li prese.

La cassaforte era dietro ad un grande quadro nello studio di suo padre.

Arredato in stile ottocento con una grande poltrona trapuntata di pelle nera e pregiato legno, un'ampia scrivania in radica di noce, perennemente in perfetto ordine, un tappeto persiano a terra dai colori sgargianti rosso, blu e giallo molto ben armonizzati tra di loro.

L'ampia finestra che dava sul giardino posteriore alla casa era ornata con pesanti tende in damasco giallo ocra tenute da un cordone in tinta.

Dietro la poltrona dove sedeva suo padre un quadro dalla cornice d'oro raffigurante suo nonno in alta uniforme.

Suo nonno, il padre di suo padre, era infatti un alto ufficiale della Marina Militare e ne è sempre andata orgogliosa pur non avendolo mai conosciuto.

Le sarebbe piaciuto conoscere una persona così, era sicura che sarebbe stato capace di darle grandi insegnamenti.

Sfortunatamente però suo nonno morì proprio l'anno precedente la sua nascita.

Suo padre le aveva parlato talmente tanto di suo nonno che era come se lo avesse conosciuto.

Fissò quell'immagine fiera per alcuni secondi e poi, quasi con timido rispetto, spostò il quadro per aprire la cassaforte.

Digitò la combinazione, che sapeva anche questa da sempre: aprì.

Le sembrò di profanare qualcosa di sacro.

Prima di quel momento lei non aveva mai messo le mani nella cassaforte anche se i suoi le dicevano che qualunque cosa le servisse, avrebbe potuto usarla in qualunque momento. Aveva sempre saputo dove fosse, fin da bambina: in famiglia non vi erano misteri né segreti.

Non aveva mai avuto il coraggio di aprirla.

Stavolta però doveva farlo per suo padre, non per sé, e l'idea la rassicurò.

Vide un grosso plico di documenti che dovette tirar fuori per mettervi gli altri, altrimenti non vi sarebbero entrati.

L'occhio le cadde sulla dicitura fuori dal plico.

"Pratiche adozione" c'era scritto.

Una ridda di domande le affollarono la mente.

Non era possibile che quei documenti riguardassero l'attività di suo padre: non c'entravano nulla.

Non potevano che riguardare da vicino la loro famiglia.

Che cosa significava?

A cosa si riferivano?

La sua determinazione di sempre in quel momento lasciò il posto ad un sottile senso di smarrimento anche se sapeva che, qualora i documenti, come sospettava, avessero riguardato in qualche modo la sua presenza in quella famiglia, senz'altro avrebbe dovuto essere felice e basta.

Non provò nemmeno ad aprirli: voleva parlarne prima con i suoi.

Ma perchè fino ad ora non le avevano detto ancora nulla?

"Sì - pensò - forse non sapevano come l'avrei presa".

Ormai era sicura di ciò che era scritto nei documenti pur non avendoli visti.

Per parlare con i suoi avrebbe comunque dovuto aspettare la sera: tutti erano più rilassati e ben disposti.

La sera le parve che arrivasse prima del solito quel giorno.

- Papà, mamma, stamattina mentre mettevo a posto quei documenti ho visto un plico chiuso con scritto sopra "pratiche adozione": di che cosa si tratta? - chiese loro in tono apparentemente distaccato.

Calò un silenzio glaciale nella stanza, come mai era accaduto.

I volti dei genitori erano impietriti.

Un brivido le corse lungo la schiena.

– Bianca, vai a prendere quel plico in cassaforte e portalo qui – le chiese il padre portandosi il tovagliolo alla bocca e cercando di rimanere calmo.

Lei obbedì.

Mentre saliva le scale aveva il cuore che sembrava esplodergli nel petto, tanto batteva forte.

Era anche tanto ansiosa: le mani cominciarono a sudarle.

Non aveva mai provato una sensazione simile e non le piacque affatto: stava perdendo il controllo, ma resistette.

Si accorse anche di avere il respiro affannoso e non era certo perchè stesse salendo le scale.

Prese il plico dalla cassaforte e si riavviò per le scale.

Ebbe una leggera sensazione di nausea e un vago giramento di testa, ma si aggrappò al corrimano e scese le scale: lo lasciò solo quando i suoi potevano vederla.

Sua madre la guardò e vide che, mentre si avvicinava a loro, era divenuta un po' pallida in volto.

– Ti senti bene? – le chiese sua madre.

– Sì, certo, sto benissimo! – le rispose, mentendo, e raddrizzandosi sulle spalle tentando di assumere una espressione naturale.

Non le fu facile, ma ci riuscì.

– Non ti dico nulla. Leggi questi documenti; sei molto intelligente e non hai bisogno di spiegazioni, almeno per adesso – le disse il padre porgendole i documenti.

Abbassò lo sguardo e lesse.

"Bianca Gioffredi di Sansebastiano, nata a Milano il 15 ottobre 1965. Data in adozione
ai coniugi Guidoni il 20 marzo 1966 ⋯ ".
Lei alzò la testa.
Fino a quel momento era riuscita a trattenere le lacrime, ma appena vide che il volto di suo padre era rigato di lacrime, lacrime silenziose, scoppiò in un pianto dirotto.
Appena fu in grado di nuovo di riflettere si disse che era stata una stupida a piangere: sicuramente lo avevano fatto per il suo bene.
Decise che quel pianto era di gioia.
– Ti avevano abbandonata, tesoro ⋯ – le disse sua madre con gli occhi lucidi.
Anche lei stava per piangere, ma, incredibilmente ricacciò indietro le lacrime.

– Voi conoscete questa famiglia? – chiese Bianca dopo che si fu un po' calmata.

– Solo dai giornali, sappiamo che la moglie di questo nobile aveva avuto una relazione extraconiugale ed era rimasta incinta, poi, per non creare scandalo aveva abbandonato la figlia in un istituto; così almeno avevano riportato i giornali tanto tempo dopo, ma noi non lo sapevamo quando abbiamo preso te. Non ci interessava chi fossi. Eri solo una bella bambina che aveva bisogno di una famiglia – le spiegò suo padre.

– Ma allora voi ··· i figli ··· – chiese Bianca perplessa e un po' spaesata da quella serata un po' particolare e densa di situazioni nuove, almeno per lei. Se non gli avrebbero proprio cambiato la vita, se non altro gliel'avrebbero fatta vedere da una prospettiva un po' diversa rispetto a qualche ora prima.

− Vedi, noi abbiamo avuto una figlia prima di te ⋯ − cominciò sua madre con la voce rotta dall'emozione di chi rievoca brutti ricordi.
Bianca si pentì di aver fatto quella domanda.

− Noi avevamo avuto una figlia quando ancora non eravamo sposati. Poi il matrimonio e lei era divenuta una bella ragazzina. Si chiamava Bianca, come te. A sedici anni conobbe un ragazzo e, sai come succede a quell'età, ci si entusiasma facilmente. Lei era attratta dal ragazzo e dalla sua moto. Un giorno ebbero un pauroso incidente e tutti e due ⋯ −

Il padre smise di parlare e abbassò la testa in preda al pianto.

- Papà, non voglio sapere altro. Ho capito. Ascoltatemi bene ora. Sono fiera di essere vostra figlia e basta. Questa storia per me è chiusa - disse ai suoi abbracciandoli e baciandoli.

- E' stata una giornata un po' pesante. forse è meglio che andiamo tutti a riposare - disse lei.

Salì le scale.

Appena entrata in camera sua si gettò sul letto. Lo sguardo perso nel vuoto.

Certo, quella rivelazione l'aveva lasciata un po' stravolta però comprese che se non avesse trovato quella famiglia, dove sarebbe finita?

Si spogliò e si mise a letto.

Prese in mano il libro della sua autrice preferita che aveva sul comodino: Alexandra Summer.

Tentò di leggere.

"Mi distrarrà un po'" pensò.

Non lesse che poche righe.

Le lacrime che le rigavano il bel volto caddero anche sulle pagine del libro.

Non sapeva neanche lei il motivo per il quale piangeva: gioia, delusione, amarezza ··· chissà.

Piangeva e basta.

Chiuse il libro e spense la luce.

Il buio. Ai più suscita paura e smarrimento: anche a lei, da bambina e qualche volta anche ora che era adulta.

Quella notte però il buio le sembrò un "amico".

Sembrava nascondesse tutto ciò che stava esprimendo con il pianto in quel momento.

Era poi dolore?

Forse no. Gioia e consapevolezza.

Non chiuse occhio quella notte. Dopo che il pianto si

fu calmato ebbe modo, nel buio, di riflettere e pensare.
Pensò che praticamente non aveva avuto una vita prima di entrare a far parte di quella famiglia e quindi la sua vita era quella e basta: e allora, perchè tormentarsi?
Ormai si era costruita un avvenire e aveva una famiglia che la amava.
Sentiva però che quell'opera di autoconvincimento non le aveva dato i risultati sperati.
Evidentemente non era solo quello il pensiero che la tormentava.
Cosa le mancava ancora?
La sua metà. Un uomo che potesse esserle vicino.
Ecco cos'era quel sottile senso di tristezza e di vuoto interiore.
No, non c'entrava nulla la rivelazione dei genitori.
La brutta avventura vissuta con quel ragazzo conosciuto attraverso Internet l'aveva

un po' scoraggiata, ma ora era decisa a riprovarci: stavolta però il computer non doveva entrarci.

Finalmente riuscì a prendere sonno: ormai l'alba era già avanzata.

Era una notte degli ultimi giorni di giugno e la calura estiva già cominciava a farsi sentire: il caldo però non fu importante quella notte.

L'aria fresca del mattino presto che filtrava dalla finestra aperta le conciliò il sonno.

Quella mattina avrebbe dovuto riprendere il suo lavoro: la pacchia era finita.

Si svegliò. Si accorse, guardando l'orologio, di aver dormito solo un'ora.

Si sedette sul letto e si accorse di avere un forte mal di testa dovuto alla nottata "un po' movimentata".

Si massaggiò le tempie tentando di alleviarlo.

Scese per fare colazione e i suoi genitori erano già a tavola.

- Già in piedi anche voi stamattina? - chiese con un sorriso un po' tirato e cercando di sfoggiare il suo consueto senso dell'umorismo.

Il mal di testa le martellava le tempie: aveva appena preso un analgesico e sperava che avesse fatto presto effetto.

Dopo una settimana durante la quale aveva tenuto il suo cellulare spento, lo accese e trovò una serie di messaggi di ogni tipo, l'ultimo era quello del suo capo servizio che l'aspettava al lavoro quella mattina.

Non fece in tempo a sedersi a tavola che il telefonino le squillò.

- Uffa, ora ricominciamo! - disse sconsolata.

- Pronto? - rispose.

Era il suo capo servizio.

– Buongiorno, ti aspetto: ho un bell'incarico pronto per te. Un bel viaggetto ⋯ – le disse.

– Lo sapevo. Non avrei potuto certo ricominciare con una giornata tranquilla ⋯ ci vediamo tra poco – gli rispose lei.

"Un bel viaggetto? Di che si tratterà? Beh, forse mi farà bene ⋯" pensò.

Arrivò in ufficio e tutti a darle il bentornato.

– Buongiorno Bianca e bentornata. Vieni nel mio ufficio? – le chiese il suo capo salutandola cortesemente.

Francesco Lampari, il suo capo.

Un uomo notoriamente tutto d'un pezzo. Alto, capelli brizzolati: i suoi sessant'anni e passa erano molto ben portati.

Dedicava la maggior parte del suo tempo alla redazione, ma nei pochi momenti liberi la palestra era l'ambiente che amava frequentare di più.

Un matrimonio fallito alle spalle ed un figlio.

Perennemente abbronzato: le lampade per lui erano una piacevole abitudine.

Nonostante il suo carattere conduceva una vita molto disordinata, al contrario di quella condotta sul lavoro.

Da quando sua moglie lo aveva lasciato per un altro aveva concentrato tutti i suoi sforzi sul lavoro diventando un integerrimo capo redattore.

Aveva cominciato la sua carriera di giornalista in un piccolo giornale di provincia che poi fu costretto a chiudere: un fallimento editoriale.

Grazie ad alcune conoscenze, le quali, secondo voci che giravano all'interno del giornale, erano di dubbia integrità morale, riuscì ad approdare al Corriere. Girava persino la voce che per arrivare dov'era avrebbe dovuto "ungere" diversi grossi "ingranaggi".

Comunque era lì: rispettato, sapeva il fatto suo e sapeva far bene il suo lavoro, benvoluto e stimato da tutti. Esigente con i colleghi, pretendeva il massimo da loro e altrettanto dava lui ai colleghi: stima, fiducia in se stessi, incoraggiamento al lavoro ed era implacabile se qualcuno sbagliava, ma senza eccedere. Non cacciava nessuno, diceva soltanto ciò che pensava e a chi toccava doveva mettersi a lavorare duro finché non avesse ottenuto i risultati che lui dicesse.

Anche dall'intero mondo del giornalismo milanese era ben conosciuto per queste sue caratteristiche e da qualcuno era persino invidiato.

Bianca fu l'unica di tutta la redazione che un giorno, vedendolo un po' giù di corda, lo invitò a colazione ed ebbe il coraggio di chiedergli le ragioni del fallimento del suo matrimonio che lo tormentava tanto.

– Incompatibilità di ruoli, di caratteri e ··· – le rispose seccamente.

Quel "e ···" la spinse ad approfondire un po' di più.

– e ··· che cosa? – gli chiese.

– Sì, insomma ··· mia moglie mi tradiva ··· ecco! – gli uscì a stento.

Improvvisamente si era fatto piccolo e vulnerabile.

Il problema era che per tante ore del giorno e della notte lui non era in casa e sua moglie, stanca di questa situazione e nonostante glielo avesse fatto notare diverse volte, si era trovata "un'altra compagnia".

– Il nostro lavoro è così: dobbiamo sottrarre tempo alla famiglia e anche a noi stessi – gli disse anche se lui queste cose le sapeva già.

Sentirle uscire dalla bocca di Bianca però a lui davano tranquillità e sicurezza. La sua voce in qualche modo lo consolava, voce guidata, ovviamente, dalla trasparenza del suo carattere e dalla bontà del suo cuore.

D'altro canto era amico fraterno di suo padre da una vita e quindi sapeva da chi avesse ricevuto questo genere di educazione e amava confidarsi con lei più che con qualunque altra persona: il loro rapporto era di stima e di profondo rispetto reciproci.

- Da quanto tempo non vi vedete tu e Loretta? - chiese lei.

- Da circa due mesi. Sì, insomma, da quando l'ho sorpresa con il suo "amico" in casa - le rispose lui.

Loretta era sua moglie. Faceva la contabile in un grande supermercato di Milano. Il suo "amico" era Emanuele, un suo collega ed ex compagno di liceo con il quale lei aveva già avuto una piccola storia quando erano a scuola insieme. Poi, come succede tra compagni di scuola, si erano persi di vista.

Lui non si era mai sposato: tante avventure, ma nessuna era finita davanti ad un altare.

Un libro li ha fatti incontrare di nuovo. Sì, un libro.

Un caldo pomeriggio di giugno, Loretta era andata in una grande libreria di

Milano e stava cercando un libro. Chiese al commesso.

– Signora, ne ho solo una copia ma mi è stata chiesta da quel signore, mi dispiace, se vuole

comunque posso ordinargliela e l'avrà fra qualche giorno – spiegò il commesso molto educatamente.

Questo signore era voltato di spalle ma aveva ascoltato tutta la conversazione.

Si girò verso di loro.

– Non si preoccupi, lo dia pure alla ⋯ –

Si interruppe di scatto appena la vide.

– Loretta!!! – esclamò con un gran sorriso e sorpreso.

– Emanuele? Sei tu? Oh, quanto tempo è passato ⋯ – gli disse senza nascondere la sua sorpresa.

Il commesso era lì che guardava ed ascoltava tutta la scena.

- Non si preoccupi, lo dia pure alla signora e lo ordini per me, passerò a prenderlo tra qualche giorno - disse Emanuele al commesso molto cortesemente..

Lei prese il libro ed aveva tirato fuori dalla borsa il portafogli per pagare.

- Lascia, faccio io ⋯ - le disse lui.

- Ma come sarebbe? Non voglio che ⋯ - tentò di ribellarsi.

- Non fare storie, consideralo un piccolo dono per il fatto che ci siamo rivisti dopo tanti anni - le disse perentorio.

Emanuele era quasi sulla sessantina, ma non li dimostrava affatto. Ben curato nell'aspetto e ricercato nell'abbigliamento. Un uomo che non si faceva certo mancare nulla. Amava il tennis che

praticava regolarmente, e poi palestra e tutto ciò che

poteva contribuire a tenerlo in forma.

– Vieni, ti accompagno a casa – la invitò, uscendo insieme a lui dal negozio.

Si diressero verso la macchina di lui parcheggiata a pochi metri da lì. Una macchina di grande pregio.

"Se la passa piuttosto bene" pensò Loretta ammirando la sua macchina e lui. Ebbe anche un leggero moto di rimpianto.

"Certamente avrei fatto una vita migliore se avessi sposato lui" pensò di nuovo.

Non che con suo marito stesse male, purtroppo aveva il difetto di essere eccessivamente parsimonioso: sì, insomma, restio ad aprire il portafogli nonostante le possibilità economiche non gli mancassero. Questo era stato più volte tra loro motivo di diverbio.

- Ma ho paura che ci veda qualcuno. Sai, mio marito è molto conosciuto e anch'io e allora ⋯ - gli spiegò lei un po' timorosa.

In fondo al cuore però desiderava andare con lui: sembrava proprio che la vecchia fiamma si fosse riaccesa.

- Non ti preoccupare, io non vivo qui a Milano, è la prima volta che vengo qui dopo tanti anni. Puoi dire che sono un tuo "cugino" tornato dalla Svizzera - la tranquillizzò lui facendole un bel sorriso.

Quell'uomo che tanti anni prima aveva amato le stava riaccendendo il fuoco dentro, cosa di cui non era stato quasi mai capace suo marito.

Lei però non si sentiva affatto tranquilla.

Stava rannicchiata sul sedile e guardava ogni persona fuori dalla macchina: le

sembrò che tutti la guardassero, che mille occhi indiscreti fossero puntati su di lei e sullo sconosciuto che aveva al fianco. Sapeva anche che suo marito, essendo giornalista, aveva informatori in ogni dove e quindi non si sentiva sicura.
Il problema era che Emanuele le piaceva.
Non era certo come suo marito, spesso sciatto e trasandato e che non curava affatto la sua persona e il suo aspetto, almeno quando era con lei.
Emanuele era bello, abbronzato: probabilmente aveva fatto anche "qualche ritocco" al viso, tanto era liscio e ben levigato, senza l'ombra di una ruga.
Doveva essere sincera, almeno con se stessa: era fortemente attratta da lui.
– Dove stiamo andando? – gli domandò vedendo che

prendeva una strada diversa da quella di casa sua.

– Ora vedrai ... è una sorpresa – le disse con un sorriso smagliante.

Lei cominciò ad avere qualche timore.

Arrivarono davanti al liceo che frequentarono quando erano ragazzi.

Scesero dalla macchina e lui la portò nella classe in cui erano andati a scuola tanti anni prima.

L'edificio non era cambiato molto tranne qualche piccolo ritocco alla facciata e il cambio delle suppellettili. Per il resto: tutto come allora.

La struttura in sé era piuttosto fatiscente e le varie pastoie burocratiche, nonostante i progetti, avevano sempre rimandato i lavori di restauro.

A lei non dispiacque tornare lì e vedere che tutto era rimasto uguale, o quasi.

Percorsero il lungo corridoio del piano terra.
Ultima aula a destra.
Lì andarono a scuola e lì si conobbero e si innamorarono.

* * *

Era la prima volta dopo tanti anni che Bianca saliva su un aereo. Era molto agitata, nervosa. Prima di partire aveva preso un blando sedativo che le aveva prescritto il suo medico.
Non poteva rinunciare a quel viaggio. Doveva andare negli Stati Uniti: anzi, tornarci, in America.
Lei vi aveva già trascorso un periodo da studentessa per apprendere le tecniche del giornalismo americano.
Era una donna molto forte, ma l'aereo le metteva un po' di ansia.
Il 120 era il numero del suo posto in prima classe.

Si sedette e la hostess le disse di allacciare la cintura di sicurezza.

Si sentiva totalmente impotente in quel momento: aveva paura, sembrava che quel sedativo che le aveva dato il suo medico non facesse alcun effetto. Aveva il respiro leggermente affannoso, ma cercò di contenersi.

Vide avanzare verso di lei un giovane, biondo, occhiali neri, tutto vestito di nero, stivali da cow boy chiari e un cappotto di pelle, sempre nero.

Era anche lui accompagnato dalla hostess.

Aveva il posto accanto al suo: il 121.

Lui si tolse il cappotto sfoderando sotto una leggera ed aderentissima maglietta un corpo statuario.

L'agitazione che l'attanagliava per la paura

del volo aveva lasciato il posto ad una sorta di "attrazione fatale" per quell'uomo che le si era seduto accanto.
Si era tolto gli occhiali, si era voltato un attimo verso di lei e l'aveva salutata con un "Buongiorno".
Senza che la hostess gli dicesse nulla lui allacciò da solo la cintura di sicurezza.
"Sicuramente per quest'uomo non è il primo volo" pensò lei.
Lui la guardò di nuovo e le fece un sorriso.
Lei allora notò un particolare sul suo viso: aveva due stupendi occhi azzurri.
La sua paura dell'aereo riprese il sopravvento quando lo sentì muoversi.
Era con le mani strette ai braccioli della sua poltroncina e tesa come una corda di violino.

- Non abbia paura, non succede nulla, immagino che questa sia la sua prima volta su un aereo, è così? - le disse lui cordialmente.
- No, ci sono già stata un'altra volta, ma è passato tanto di quel tempo ... e poi io ho sempre avuto paura del volo - rispose lei con un filo di voce.
- Non tema, passata la fase di decollo poi è come se stesse a casa sua - le disse lui per rassicurarla.
Lei vide che lui era impassibile.
- Vuol darmi la mano? Si sentirà più sicura - le chiese lui gentilmente.
Anche se ancora impaurita tese la mano verso quella di lui e gliela strinse, piuttosto forte, vista la smorfia di dolore che ebbe lui.
- Mi scusi, ho stretto troppo - si scusò lei.
- Non si preoccupi, è tutto a posto, l'importante è che le

passi la paura - rispose lui ridendo.

Il contatto della mano di lui con la sua sembrava le stesse scaldando il corpo e allentando la tensione.

Passarono alcuni minuti e una voce disse che potevano slacciarsi le cinture e rilassarsi, la fase di decollo era terminata.

Lui slacciò la sua cintura con la mano libera mentre lei continuava, forse inconsapevolmente, a tenere stretta la mano di lui.

- Ora può rilassarsi ··· - le disse.

- Oh, mi scusi, ero talmente tesa che ho a malapena sentito la voce - rispose.

"Ma quale tensione" si disse lei: stringere la mano di quell'"angelo" che aveva a fianco le aveva fatto
anche passare la paura del volo.

Le ore di volo che Bianca avrebbe dovuto affrontare

erano molte e non sapeva in che modo far passare il tempo.

– Piacere, mi chiamo Angelo, e lei? – si presentò il biondo, ormai non più sconosciuto, che aveva al fianco.

"Angelo … proprio azzeccato!" pensò.

– Salve, io mi chiamo Bianca – ricambiò lei con cortesia.

"Angelo … Bianca … però, bell'accostamento di nomi!" pensò lui.

Lei era ancora un po' scossa per quella brutta storia vissuta con quel ragazzo conosciuto via Internet, ma quell'uomo che aveva accanto a sé le pareva sprigionasse una sorta di energia: di che tipo neanche lei riuscì a capirlo, ma di certo era una energia che la attirava in qualche modo a lui, in ogni caso molto positiva.

Lui, biondo, un sorriso sconvolgente, un corpo scolpito sotto una leggerissima maglietta nera e dei jeans aderenti che poco o nulla lasciavano all'immaginazione.

E poi il particolare che lei aveva notato quando si erano guardati in viso: gli occhi azzurri come il cielo sul quale stavano volando.

Le sfoderò un sorriso smagliante.

I suoi sensi cominciarono a risvegliarsi: l'esperienza precedente glieli aveva "addormentati"
del tutto.

– Cosa va a fare negli Stati Uniti, se non sono indiscreto? – le chiese lui sempre sorridendo.

La voce di lui la ridestò dai pensieri in cui era assorta.

Quel sorriso e quello sguardo per lei erano disarmanti: ma chi era quell'uomo che, inconsapevolmente, le stava facendo questo effetto?

Storie importanti lei, fino ad ora, non ne aveva mai avute, o per lo meno, nessuno dei ragazzi che aveva conosciuto in passato, i flirt da studentessa, non le avevano mai fatto l'effetto che le stava facendo adesso quest'uomo.

- Vado per lavoro. Un servizio per il mio giornale. Faccio la giornalista per il Corriere - gli rispose.

- La giornalista? Deve essere molto interessante ... - commentò lui.

- Effettivamente. E poi io lo faccio con molta passione. E lei, cosa fa nella vita? - gli chiese.

- Lavoro per una grande multinazionale nel settore del commercio con l'estero ed anch'io vado negli Stati Uniti per lavoro - le disse appoggiandosi con il gomito al bracciolo della poltrona verso di lei.

Con il suo braccio sfiorava quello di lei.

Il contatto del braccio di lui con il suo le fece immenso piacere.

Sentiva i suoi muscoli sodi sulla sua pelle ed ebbe un brivido.

– In quale città è diretta? – le chiese.

– Miami, Florida – rispose lei.

– Miami? Anch'io devo andare là. C'è infatti una delle sedi estere della compagnia per la quale lavoro – disse lui con aria sorpresa ma felice.

– Se non le sembro troppo indiscreto, posso chiederle in quale albergo alloggerà? – le chiese.

– Waldorf Palace – gli rispose cortesemente e niente affatto stanca delle sue domande.

Anzi, quasi sperava che lui alloggiasse nel suo stesso albergo.

Ma che cosa le stava accadendo? Quell'uomo accanto a lei era uno sconosciuto e già sognava chissà che cosa con lui?

Doveva avere qualcosa di speciale per farle quell'effetto.

– Allora credo proprio che sia un segno del destino. Quando vengo a Miami ho sempre una suite prenotata in quell'albergo! –

Lui a questo punto era raggiante: quella ragazza dall'aria un po' spaurita gli piaceva ogni minuto di più.

– Ne sono felice, anche perchè là non conosco nessuno. Almeno avrò lei che mi farà da Cicerone in città, se vuole, e con il quale scambiare due chiacchiere fuori dal lavoro ··· se le fa piacere, ovviamente –

Ormai si era buttata ed era sorpresa di se stessa, ma quel ragazzo faceva quell'effetto.

Ora era felice.

– Mi dia del tu – esordì lui, sempre con il suo sorriso magnetico.

Una bocca perfetta. Dei denti bianchissimi e delle labbra carnose ed invitanti sulle quali lei avrebbe desiderato posarsi in un appassionato bacio.

Scacciò quel pensiero dalla mente, ma era certa che non sarebbe durato a lungo.

– Grazie, allora anche ··· tu a me – gli disse con uno dei suoi sorrisi migliori.

La sua paura per il volo era scomparsa.

Il viaggio proseguiva regolarmente.

Lei era molto felice in quel momento, dopo tanto tempo.

Non si faceva delle illusioni, ma quell'uomo che aveva

accanto la intrigava non poco.

Era certa di una cosa: quel viaggio sarebbe stato foriero di novità.

Miami. Una metropoli caotica ma meta preferita di turisti di tutto il mondo.

Il clima era ottimo durante tutto l'anno e almeno una volta nella vita tutti approdavano in questa città.

La bella Miami però era stata funestata da un fatto gravissimo in quel periodo: la morte di Alexandra Summer, famosissima scrittrice conosciuta negli Stati Uniti ma anche nel resto del mondo per i suoi bellissimi romanzi.

La polizia continuava senza sosta nelle indagini sulla sua morte perchè nessuno o quasi credeva all'incidente così come i giornali avevano riportato in un primo momento.

* * *

– David, entro stasera sarai di nuovo in libertà – gli disse Jeff, il suo amico avvocato che era andato a trovarlo in carcere.
– Sul serio ... non mi stai prendendo in giro, vero? – David aveva assunto un'aria raggiante. La sua bella immagine si era offuscata dopo tutto quel tempo trascorso in cella.
– No, non lo farei mai. Ci sono stati degli sviluppi nelle indagini e poi è stato confermato il tuo alibi – gli spiegò.
– Appena sarò fuori di qui voglio scoprire chi ha ucciso Alexandra e voglio parlare anche con i suoi genitori per vederci più chiaro – disse David

determinato, serrando la mascella.

– Se ti dicessi che non devi farlo sono certo, conoscendoti, che non mi ascolterai mai e allora lo faremo insieme – gli disse Jeff in tono fraterno.

Il mattino seguente erano davanti al cancello della villa dei genitori di Alexandra.

Una splendida casa in stile vittoriano con un grande parco intorno.

Gli fu aperto il cancello ed entrarono con la macchina.

Suonarono alla porta.

Li accolse un domestico.

– Accomodatevi pure, ora chiamo il signore e la signora – li invitò.

Una casa degna di un re, almeno di un re della finanza.

Circolavano, anni indietro, anche strane voci su come

un poliziotto si sia potuto permettere tutto questo. Connivenze politiche o di altro genere? A nessuno è mai stato dato di saperlo.

Sopra il caminetto del grande salone c'era un dipinto: uno splendido ritratto di Alexandra che indossava un abito celeste.

– Amore mio... – disse David sospirando e guardando il quadro.

E una lacrima gli discese sul suo volto.

Il padre di Alexandra entrò e salutò cordialmente Jeff, ma quasi non degnò di uno sguardo David che ancora era voltato a guardare il quadro.

– Me lo ha portato qui, l'assassino di mia figlia? – disse a Jeff con il viso contratto dalla rabbia.

Un uomo non molto alto, magro, sulla settantina ma molto ben portati. Indossava un completo giacca e

pantalone grigio, molto ricercato dello stile, senz'altro di fattura italiana e, sotto, una polo sportiva.
Aveva il carisma di chi sa sempre il fatto suo.
D'altronde un poliziotto in pensione ha dalla sua tutti gli anni trascorsi a combattere il crimine e quindi una buona dose di durezza.
New York era la loro città d'origine.
Le strade della metropoli erano percorse da migliaia, forse milioni di persone ogni giorno, poi, di sera divenivano "territorio" di bande criminali, per lo più rivali tra loro, che si combattevano senza esclusione di colpi e combattevano a loro volta contro la polizia.
Michael Summer era un poliziotto con alle spalle già diversi anni sulle strade.
Quello era il suo mondo.

Il suo scopo? Quello di togliere i ragazzi dalle strade: la considerava come una missione da compiere e con ogni mezzo possibile.

Era stato più volte assegnato ad altri incarichi ma poi volle sempre tornare sulle strade.

In un giorno come tanti si trovò ad affrontare una banda di piccoli spacciatori di droga e balordi ben noti alla polizia. Era la notte del 4 luglio del 1979, quindi la giornata di festa per eccellenza in America.

Uno di questi giovanissimi, poco più che adolescente, tirò fuori una pistola e gli sparò.

Benché ferito fece in tempo ad estrarre la sua, di pistola.

Fece fuoco e uccise uno degli altri ragazzi, non quello che gli aveva sparato.

Aveva la mente e la vista offuscata dal dolore per la

ferita alla spalla ed aveva sparato a caso.

Il ragazzo che aveva ucciso era il fratello di David.

– Io sono stato capace di perdonarla tanto tempo fa, ma sono qui e non ho nulla da farmi perdonare ... – disse David voltandosi tranquillo e ancora con il viso segnato dalle lacrime.

All'epoca di questo fatto tragico anche David era a New York per studiare.

Accorse immediatamente sul luogo.

– Non so come, ma un giorno pagherai per quello che hai fatto... – disse David al poliziotto mentre era chinato su suo fratello e in lacrime.

– Dovrai soffrire come so soffrendo io e così saranno i tuoi figli a pagare per te ... – gli disse David sconvolto e in preda all'ira.

La cosa più cara per Michael era sua figlia: Alexandra.

Erano passati ormai tanti anni da quel tragico evento e quella storia sembrava ormai dimenticata: una frase detta in un momento di rabbia e di dolore.

Poco dopo la morte del fratello di David, il padre venne a sapere che il fratello di David, Ray, era stato mandato da suo padre per cercare di portare via i ragazzi dalla strada.

Sicuramente lui, giovane come loro, avrebbe avuto qualche chance in più di avere successo.

Quel rimorso: aver ucciso un ragazzo innocente, lo aveva accompagnato per tutto resto della sua vita e, nonostante il suo posto fosse la strada, chiese di essere affidato ad altri incarichi.

David ebbe la forza di parlare.

- Ci frequentavamo da poco -

Parlava guardandosi intorno ma senza mai incrociare lo sguardo di Michael.

- La sera precedente eravamo stati a cena in un ristorante, quello lungo la baia, poi una passeggiata lungomare e poi l'ho riaccompagnata a casa perché il mattino successivo doveva andare dal suo editore per consegnargli del materiale e doveva alzarsi presto. Anche io sono tornato a casa: dovevo telefonare ad un fornitore di Boston per un nuovo attrezzo per la palestra che, nonostante l'ordine, tardava ad arrivare. I tabulati telefonici e questa ditta confermeranno ciò che le sto dicendo. Il mattino successivo accendo la tv e la notizia... poi arriva la

polizia e il resto è storia recente ... – concluse David chinando la testa e sedendosi su una poltrona.
Il passato un po' burrascoso di David ha indotto a pensare a lui come al principale indiziato.
Michael si rivolse con rabbia verso David e il suo avvocato.
– Alexandra aveva scoperto, senza dirti niente, che facevi uso di droghe. Si consigliò con me e io le dissi di non fare e non dire nulla, almeno suo
momento. Lei allora, visto che stava lavorando al suo nuovo libro, vi scrisse questa storia ed i suoi sviluppi – disse rivolto a Jeff – Un giorno David andò a casa di Alexandra e lo accolse la cameriera dicendogli che lei sarebbe rientrata di lì a poco: era uscita solo per un attimo, aveva lasciato persino il

computer acceso. La domestica lo invitò ad accomodarsi e lo lasciò solo ad aspettare nel salone. Lui, per caso, si avvicinò al computer e volle leggere cosa avesse partorito la fervida fantasia della sua Alex. Lesse qualche pagina del nuovo romanzo e arrivò al punto in cui lei diceva che questo ragazzo faceva uso di droghe e ne dava anche alle donne che si "intrattenevano" con lui, a loro insaputa. Sì, David era anche un gigolò: lei aveva scoperto tutto. Lui allora era furibondo. Quando Alex rientrò a casa vide David davanti al computer, capì tutto e lui si scagliò contro di lei. Ne nacque una violentissima lite alla quale assistettero la cameriera ed anche i vicini di casa, attratti dalle urla dei due. Di lì a poco arrivò la polizia che portò via David il quale,

uscendo scortato, le lanciò una minaccia che lei non comprese subito: "è arrivato il momento di pareggiare i conti" le disse, il volto contratto dalla rabbia e determinato. Lei venne da me, mi raccontò tutta la storia e mi chiese il perché di quella strana espressione di David. Io allora le raccontai tutta la storia. Tu ... tu hai ucciso mia
figlia ... maledetto assassino! –
Il padre di Alexandra adesso era fuori di sè e stava inveendo contro David.
Sua moglie e Jeff cercarono di calmarlo mentre David rimase immobile e senza dire una parola: i lineamenti del bel viso contratti.

David era un bellissimo ragazzo. Due anni prima un suo amico ed abituale frequentatore della sua palestra gli chiese un favore.

– David, ti chiedo un favore e spero che tu possa aiutarmi. Mia sorella è stata appena lasciata da suo ragazzo ed è a pezzi. Tu lo sai, a lei piaci molto, ti chiedo semplicemente di uscire con lei un paio di volte e di farla divertire: so che tu saprai accontentarla ... – gli chiese con un'espressione che la diceva molto lunga su ciò che avrebbe dovuto fare David con lei.

David rimase un po' sorpreso da quella strana richiesta ma non poté fare a meno di accettare. Stephen, il suo amico, lo aveva aiutato con la palestra e con questo gli avrebbe restituito il favore.

Quella sera stessa Stephen accompagnò, come sempre, sua sorella Hanna, i due erano di origini tedesche, in palestra.

David, appena li vide, gli andò incontro e Stephen, con una scusa, lasciò sola Hanna con David.

– Sai, Stephen mi ha raccontato ciò che ti è successo. Immaginavo qualcosa perché da diversi giorni non ti vedevo più sorridente come sempre. Così quel disgraziato sta con un'altra? – si fece avanti David aiutandola con un attrezzo e con aria compassionevole.

– Sì, adesso sono di nuovo sola ... – gli disse lei facendogli gli occhi dolci e mettendo il broncio come fanno i bambini.

– Va bene, da questo momento non sarai più sola. Che ne dici di uscire con me stasera? – le chiese lui.

A lui Hanna non piaceva troppo, anzi, non gli piaceva affatto.

Effettivamente non era granché.

Il corpo un pò sgraziato nonostante la palestra, poco curata nell'aspetto. Aveva un bel viso e due begli occhi, quello sì, ma non aveva mai fatto impazzire David.

Lui si disse che avrebbe dovuto farlo per Stephen.

Gli occhi di lei si illuminarono di gioia.

Fin da quando aveva cominciato ad andare in palestra con suo fratello si era presa una cotta per David, il quale però con lei non andava mai oltre un fugace saluto. Lei notò che con altre ragazze era molto più espansivo ed era quasi gelosa di questo. E poi aveva conosciuto il suo ex ragazzo, però la sua passione per David non si era mai sopita.

Lei non si prese nemmeno la briga di chiedersi il perché di quell'improvviso interessamento di David nei suoi confronti: non ci pensò due volte, disse di sì e basta.

David non era affatto attratto da lei ma in passato di donne ne aveva avute molte e sapeva come farle godere.

Lo stesso avrebbe fatto con lei mai lui di certo non avrebbe provato alcun piacere: però sapeva anche fingere molto bene.

Lei non si sarebbe accorta di nulla.

"E se mi chiede di più?" Si domandò David.

Fu preso dal panico perché sapeva che quella ragazza non gli avrebbe fatto alcun effetto.

Avrebbe dovuto prendere dei provvedimenti se non voleva deludere Stephen.

Chiamò Arwey, il suo ex compagno di liceo ed ora suo medico personale e gli spiegò la situazione.
Era un pò imbarazzante, ma tra medico e paziente non vi sono segreti.
- Prendi una di queste all'occorrenza, David, e vai tranquillo - gli disse il medico porgendogli una scatola con delle compresse.
- Ah, dimenticavo, prendi queste, me le hanno date in omaggio: vedo i tuoi muscoli un pò giù di tono ... provale e poi fammi sapere - lo congedò con una pacca sulla spalla e una stretta di mano.

Con Hanna andò alla grande, solo che lui, dopo questa esperienza, in qualche modo "ci aveva preso
gusto".
Decise così di "mettere a disposizione" delle donne il

proprio corpo: dietro lauti compensi, si intende.

Sì, insomma, divenne un nuovo "American gigolò".

Una volta sparsa la voce le donne facevano follie per passare qualche ora con lui: lo ricevevano a casa, all'insaputa dei propri mariti e fidanzati. Lui si era persino creato uno spazio all'interno della palestra che definiva "Sala massaggi".

Lui era così felice di tutto ciò: soldi facili guadagnati con la sua attività preferita.

Suo padre si sarebbe rivoltato nella tomba se avesse saputo che impronta aveva dato alla palestra che lui aveva creato con tanti sacrifici e con uno spirito decisamente diverso, molti anni addietro.

– E Alexandra: sapeva tutto questo? – chiese Michael.

– No, ho sempre cercato di mantenere almeno questo, di segreto, visto che già sapeva tutto il resto. Ma le giuro, io l'amavo e non mi sarei mai, e ripeto, mai, sognato di farle del male: figuriamoci ucciderla! E' vero, in quel momento mi sono arrabbiato con lei, ma tra fidanzati succede. Le faccio una proposta: se collaborassimo e smettessimo di farci la guerra, sono sicuro che riusciremmo a trovare chi ha ucciso Alexandra ... – disse David avvicinandosi al padre di Alexandra e quasi implorandolo.

– Ma ··· sì ··· ora che ci penso. Pochi giorni prima della sua morte Alexandra venne qui a casa e ci raccontò che il suo editore le aveva fatto delle avences molto esplicite e pesanti. Vuoi vedere che ··· –
Michael ebbe un lampo.

– Io sono disposto ad aiutarvi ma non farti troppe illusioni tu ··· – disse rivolto a David, di nuovo scuro in volto.

– Grazie – si limitò a rispondere David.

– Faremo così. Domani mattina andremo a casa di Alexandra. Ancora ci sono i sigilli della polizia, ma ho qualcuno che può aiutarmi ad entrare: più di quarant'anni nella polizia saranno pure serviti a qualcosa ··· – gli disse Michael.

* * *

Il Waldorf Palace Hotel, uno dei più lussuosi alberghi di tutta Miami.

Un taxi aveva accompagnato lei ed Angelo in albergo.

La grande porta si aprì da sola non appena loro si misero davanti.

Il facchino si occupava dei loro bagagli mentre si avviavano verso la reception.
Un signore dall'aria molto distinta salutò Angelo: lo conosceva già.

– Miss Summer? – le disse il signore rivolgendosi a lei con aria molto sorpresa e quasi sconvolta.
– Come, scusi? – gli disse Bianca un po' smarrita per quel saluto particolare.
– Io sono Bianca Guidoni, italiana e giornalista. Credo proprio che lei mi stia confondendo con qualcun altro – gli rispose.
– Mi scusi signora, ma lei somiglia in maniera impressionante ad Alexandra Summer, una scrittrice molto famosa qui e che alloggiava in questo albergo molto spesso. Anzi, sono rimasto sconvolto quando ho saputo della sua

morte ⋯ poi ora ⋯ vedendo lei ⋯ mi scusi di nuovo, sono mortificato! – le disse.

Angelo assistette a tutta la scena in silenzio.

– Non si preoccupi, può capitare che le persone si somiglino così tanto ⋯ – sdrammatizzò lei come era suo solito.

"Alexandra Summer, la mia scrittrice preferita ⋯ è morta?" pensò Bianca triste per questo.

Salirono in camera.

Avevano le camere vicine ed entrambi erano provati dal viaggio, ma Bianca aveva qualche pensiero in più che le frullava per la testa.

Quella uscita così plateale del receptionist dell'albergo non le dava pace e le mise in testa mille pensieri: soprattutto sospetti.

Lei, nonostante fosse una lettrice di Alexandra Summer, non aveva mai visto una sua foto, nemmeno sui libri.

"Chissà se è vero che mi somiglia tanto" pensò mentre si sdraiava sul letto.

Accese la televisione. C'era un notiziario.

" … proseguono a tutto campo le indagini sulla morte di Alexandra Summer …" e sullo schermo comparve la sua foto.

– Aaaaaaaah!!!! – urlò Bianca.

Angelo che era nella stanza accanto corse subito da lei e bussò alla sua porta.

– Bianca, apri la porta, sono io, Angelo, che ti succede? –

Saltò via dal letto ed andò ad aprire la porta quasi inciampando sui bagagli ancora a terra.

Si gettò tra le braccia di Angelo in preda ad una violentissima crisi di pianto.

– Ma che ti succede, me lo vuoi spiegare? – le chiese

lui stringendola forte e accarezzandole delicatamente la testa.

– La televisione ⋯ la foto ⋯ il notiziario ⋯ – riuscì a dire in preda ai singhiozzi.

– Ma che cosa dici? – le disse accompagnandola a sedersi sul letto sempre tenendola fra le braccia.

– Ora ti calmi un po' e mi racconti cosa è successo – le disse prendendole il viso tra le mani e asciugandole le lacrime con il suo fazzoletto.

Le diede anche un bicchiere d'acqua per farla calmare.

– Ho appena visto il notiziario alla televisione e hanno fatto vedere la foto di Alexandra Summer ⋯ sono io ⋯ sì ⋯ insomma ⋯ è uguale a me! – riuscì a dire anche se era ancora sconvolta.

– Come uguale a te? Che significa? – le chiese lui.

- La foto che ho visto sembra proprio la mia immagine riflessa ⋯ Dio mio! Sto diventando pazza! - disse lei.

- No, non stai impazzendo, sono sicuro che c'è una spiegazione per tutto questo e noi la troveremo - le disse lui accarezzandole delicatamente il volto.

- Stanotte non puoi restare da sola, ci sarò io qui con te a farti compagnia. Mi sistemerò sulla poltrona - le disse.

- Non devi sentirti obbligato con me. Ti ho coinvolto in questa cosa ⋯ non dovevo - e le lacrime ricominciarono a scendere sul suo viso.

Lei era sdraiata sul letto. Lui allora si alzò dalla poltrona dove si era sistemato e si sdraiò sul letto accanto a lei prendendola tra le braccia mentre lei ancora piangeva.

Lei si abbandonò totalmente tra le braccia di lui e gli posò il viso sul petto.

Lui le diede un bacino sulla testa per farle coraggio mentre la teneva sempre stretta a sé.

Le sue lacrime continuavano a scendere copiosamente e il suo corpo sussultava in preda ai singhiozzi.

Mai le era capitata una cosa simile.

Lei, notoriamente una donna che sapeva controllare bene le proprie emozioni.

Stavolta no. Non ne era stata capace e anche un moto

di rabbia le prese la bocca dello stomaco.

Sempre rimanendo appoggiata sul suo petto, sollevò la testa verso il viso di lui che la guardò negli occhi e le fece un sorriso.

Lei avvicinò il suo viso a quello di lui e si ritrovarono guancia a guancia.

Lui le baciò gli occhi ancora bagnati di lacrime e poi posò delicatamente la sua bocca su quella di lei.

Un sussulto dovuto al pianto la scosse ancora mentre si baciavano ma nessuno dei due sembrò dargli peso.

La tensione e il pianto di Bianca si sciolsero nel dolce bacio di lui.

Lei si protese maggiormente verso la bocca di lui rendendo quel bacio non più dolce ma forte e deciso.

Lui rispose con altrettanta intensità a quel bacio e in un lampo la leggera maglietta di lui era sul pavimento.

Bianca non era mai stata così audace.

Quella notte ne aveva bisogno e lui era proprio l'uomo giusto.

Rispondeva a lei con una passione incredibile.

- Ti voglio ... - gli sospirò in un orecchio.
- E' da quando ti ho visto la prima volta su quell'aereo che ... -
Lei gli chiuse la bocca con un bacio.

La luce del sole filtrava appena dalle pesanti tende semichiuse.
Fu Angelo il primo a svegliarsi ma non fece una mossa, attento a non svegliare Bianca che dormiva appoggiata con la testa sul suo petto.
Intanto la guardava dormire.
Vedeva quel viso, in quel momento angelico, e lo ricordò prima sconvolto dalle lacrime e poi ardente di passione.
"Che donna!" pensò fra sé continuando a guardarla.
Lei aprì molto lentamente gli occhi e incrociò quelli di lui che la guardavano sorridenti.

– Buongiorno – le disse sorridendole dolcemente.

– Buongiorno ··· ma ··· che è successo? – chiese lei come se non ricordasse nulla della notte appena trascorsa.

– Come, non ricordi nulla? Allora mi fai pensare che comincio a perdere colpi ··· – le rispose lui ridendo.

– Ah, già, la storia di Alexandra ··· sì, certo, ora ricordo ··· scusami per la scena di ieri sera ··· ero talmente sconvolta che ··· – disse lei continuando a restare tra le sue braccia.

– Non ti preoccupare. Piuttosto, come ti senti ora? – le chiese lui.

– Bene e pronta per affrontare tutto ciò che verrà ··· insieme a te, se lo vorrai ··· ma ··· il tuo lavoro ··· – disse lei, prima entusiasta e poi con un velo di tristezza in volto.

– Non preoccuparti. A me basta fare una telefonata e

inventare una scusa: sul lavoro a volte sono bugiardo ··· e il bello è che mi credono sempre tutti! – e tutti e due scoppiarono a ridere.

– E il tuo servizio per il giornale? – le chiese.

– Il mio capo servizio farà il bravo "pesciolino" e abboccherà all'amo: una brutta influenza mi costringe a letto e per diversi giorni non potrò lavorare. Che ne dici, non sono brava anch'io come bugiarda? – gli disse sorridendo.

– Che coppia! – esclamò lui prendendo il telefono per chiamare il suo ufficio.

Lei intanto prese il telefonino.

Mentre parlavano con i rispettivi uffici si guardavano e cercavano di trattenersi dal ridere. Per questo ogni tanto si voltavano le spalle.

– Va bene, ora io vado in camera mia a fare una doccia e a cambiarmi – disse lui prendendo i suoi vestiti che lei aveva fatto volare ovunque nella stanza quella notte.
Si accorse che la sua maglietta era strappata.
– La mia maglietta preferita ⋯ belva insaziabile! – le disse ridendo e gettandosi sul letto addosso a lei.
Si scambiarono un lungo bacio e poi lui uscì dalla stanza di lei.
Lei si sedette sul letto.
Quella notte era indimenticabile. Ma che cosa le era successo?
Stava perdendo il suo proverbiale self control, si era concessa alla lussuria più sfrenata e ora ⋯ si trovava con un dubbio atroce che le lacerava l'animo: chi era quella donna alla televisione e di cui lei

aveva sempre letto tutti i libri?

Doveva dare un taglio a quella storia prima che i sentimenti per quell'uomo prendessero il sopravvento sui suoi intenti.

Sentì bussare alla porta.

– Chi è? – chiese.

– Sono io – riconobbe subito la sua voce.

– Vieni, entra – lo invitò.

– Senti, mi hanno chiamato ora dallo studio principale. Un mio collega è rimasto vittima di un incidente aereo e devo andare a New York subito. Era anche un mio carissimo amico – le disse.

Lei notò che aveva gli occhi arrossati. Evidentemente doveva aver pianto.

– Eccolo, vedi, è questo a destra vicino a me – le disse tirando fuori dal portafogli una foto che li ritraeva insieme in un villaggio in Indonesia.

Lei, mentre lui non c'era, aveva acceso la tv e proprio in quel momento stavano dando la notizia dell'incidente e fecero anche vedere le foto delle vittime: c'era anche quella dell'amico di Angelo.
Anche a lei venne da piangere e lo abbracciò forte.
– Vai, lo sai cosa ho da fare qui io, no? – le disse anche un po' dispiaciuta della sua partenza così improvvisa.
– Appena ho finito torno subito da te –
Si baciarono a lungo e lui lasciò la stanza mentre
lei lo seguiva con lo sguardo.

Erano passati due mesi da quel giorno in cui lui era partito per New York.
Forse era anche ritornato a Miami a cercarla, ma lei non lo seppe mai perchè in quel periodo faceva spesso

avanti e indietro da quella città con l'Italia.

Lui, tornato a Miami, al Waldorf Palace, si diresse verso la stanza di lei.

Bussò ma non ricevette risposta.

Incontrò un cameriere nel corridoio.

– Scusi, ma la signorina Guidoni non c'è? – gli chiese.

– La signorina è ripartita per l'Italia qualche giorno fa. Lei è per caso Angelo? – gli chiese a sua volta il cameriere.

– Sì, sono io, perchè? – domandò.

– Vada alla reception, c'è un messaggio per lei da parte della signorina – gli disse.

Lui corse al piano di sotto.

– C'è qualcosa per me da parte della signorina Guidoni? – chiese.

– Sì, la signorina mi ha detto di darle la chiave della

sua stanza dove troverà qualcosa per lei –
Non fece in tempo a finire di parlare che lui gli aveva tolto di mano la chiave e stava correndo verso l'ascensore.
Aprì la stanza, si guardò intorno ma lì per lì non
vide nulla finché trovò sul suo comodino una piccola agenda nera.
Sulla prima pagina di questa agenda c'era un messaggio per lui.
"Dolce Angelo,
quando leggerai queste pagine io sarò partita da qui e vorrà dire che avrò risolto il mio problema. Sono partita e ritornata a Miami diverse volte. Ho deciso di risolverlo senza di te perchè altrimenti la mia lucidità ne sarebbe stata compromessa, proprio perchè ti voglio bene. Non so se vorrai ancora rivedermi dopo che ti avrò lasciato così,

comunque sappi che sei sempre nel mio cuore. Leggi queste pagine: ti spiegheranno tutto.
Ti voglio bene
Bianca"
Voltò pagina. La data era quella del giorno in cui lei era partita da Miami.
12 giugno 1999 – Partenza da Miami per l'ultima volta
"Dolce Angelo,
dopo quella notte con te in cui ho dimenticato per un po' tutto quello che mi era successo la sera precedente, il mio "viaggio di lavoro" ha preso una piega diversa e si sta trasformando così in una vera e propria indagine per scoprire il mistero di questa persona che mi somiglia in modo così impressionante. Il mio capo servizio mi telefona spesso, nonostante le scuse che gli ho inventato, per chiedermi come

vadano le cose, ma cerco il più possibile di prendere tempo e non gli ho detto niente di tutta questa storia.
Ho scoperto anche qualcosa sui miei incubi notturni che a casa, a Milano, svegliavano tutta la famiglia. Sognavo infatti una ragazza uguale a me davanti ad uno specchio intenta al trucco che ad un certo punto sente suonare alla porta, getta un piccolo oggetto nero sul divano del salone, va ad aprire ⋯ e poi mi svegliavo urlando. Ne avevo parlato anche con un mio amico psichiatra credendo che stessi impazzendo.
Ora mi rendo conto: era un sogno premonitore. Mi diceva che quella ragazza uguale a me avrebbe fatto una brutta fine. Mi sono allora resa conto di non essere diventata pazza.
Durante il periodo di studi che trascorsi tanti anni fa

negli Stati Uniti, avevo conosciuto un ragazzo che faceva il poliziotto e, conservando ancora il suo indirizzo e numero di telefono, ho deciso di chiamarlo. A suo tempo tra noi stava anche per nascere qualcosa di più di una semplice amicizia, ma io dovetti tornare in Italia e lui non poteva lasciare il suo lavoro.

Mi sono messa in contatto con lui e, insieme, abbiamo iniziato le indagini. Fortuna volle che il caso fosse affidato proprio al dipartimento in cui lui lavora, in quanto è stata aperta una inchiesta sulla morte di questa scrittrice.

Abbiamo cominciato con il Municipio, ma lì non risultava il suo nome in archivio e così siamo andati a casa di lei. In cassaforte teneva, oltre alle cose preziose, anche dei documenti originali che attestavano la sua vera identità: Alexandra Summer era uno pseudonimo che usava per firmare i suoi libri. Si chiamava in realtà Alessandra Barchi, nata da genitori italiani.

Siamo ricorsi allora all'ambasciata italiana, ma non hanno potuto aiutarci e ci dissero che per queste pratiche saremmo dovuti ritornare in Italia nel comune di nascita. Il comune di nascita era Milano, la mia stessa città.

Una sorpresa dietro l'altra.

Tornai in Italia, accompagnata dal mio amico poliziotto (non preoccuparti, lui poi è ripartito subito!) e in comune, a Milano, veniamo a scoprire che Alexandra, il cui vero nome era, appunto, Alessandra, era figlia di Nicola Gioffredi di Sansebastiano e di Rebecca Prosperi, una delle famiglie più ricche e nobili di Milano, ma quello che mi ha letteralmente sconvolta è stato scoprire che in quel documento, accanto al nome "Alessandra", ho visto scritto anche "Bianca", nata lo stesso giorno, sorella gemella di Alessandra. Capisci? Alexandra Summer, o meglio Alessandra, era mia sorella, gemella!

Dopo i primi momenti in cui tu comprenderai il mio stupore, mi sentii ancor più motivata ad andare avanti: dovevo scoprire chi aveva ucciso quella che

ormai sapevo essere mia sorella.

Ritornai in America a casa di Alexandra: cercavo qualsiasi cosa potesse parlarmi di lei e della sua vita.

Vidi una foto in cui c'era Alexandra con un bellissimo ragazzo. Indagai insieme al mio amico: era David Weiss.

Cominciammo le nostre indagini proprio da lui.

Scoprimmo che gestiva, oltre alla palestra, anche un giro di prostituzione maschile e di droga cosiddetta "da palestra" e che David si era innamorato di Alexandra. Dalla televisione apprendemmo la notizia che la polizia aveva arrestato David per l'omicidio di Alexandra, gli parlammo, lui ci disse di essere innocente e io gli ho creduto.

Di lì a qualche giorno il mio amico Stanley, il poliziotto, mi dice che hanno trovato David morto nello spogliatoio della sua palestra.

Il mistero si stava infittendo sempre di più: uno dei principali sospettati, almeno dalla polizia, era morto.

Andammo di nuovo a casa di Alexandra e guardammo con maggiore attenzione in giro.

Mentre guardavo tra i cuscini del divano del salone mi capitò tra le mani un piccolo oggetto nero: quello del mio incubo!
Era un piccolo registratore dove Alexandra registrava i suoi appunti per i suoi libri. Grazie al nastro registrato che trovai dentro l'apparecchio, scoprimmo che aveva avuto una violentissima lite con il suo editore. Alexandra un giorno, mentre stava lavorando, ricevette la visita del suo editore, il quale le fece delle esplicite richieste rivelandole che lui la desiderava e che era geloso dei ragazzi che frequentava alla palestra di David: lui era geloso anche di David, e, durante una lite lui la gettò a terra e lei, battendo la testa sul gradino del caminetto che aveva in salotto, finse di essere morta per non alimentare la

sua violenza. Ovviamente in un primo momento tutti pensarono ad un incidente come se ne verificano tanti in casa, anche perchè il suo editore aveva provveduto a cancellare tutte le impronte, ma non si era accorto del registratore che era rimasto in funzione e che aveva registrato tutto, incastrandolo per quel tentativo di omicidio.

Andammo a casa dei genitori di Alexandra e ci dissero che dopo quell'"incidente" lei chiamò subito suo padre che la accompagnò subito in ospedale per la ferita alla testa che la caduta le aveva procurato. Mentre lei era ancora in ospedale sente alla tv la notizia del ritrovamento del suo editore morto.

Ma allora chi era stato?

Stanley, e con lui i suoi superiori, cominciarono ad

ipotizzare la presenza di un serial killer perchè le modalità degli omicidi erano le stesse: un colpo di pistola alla e un particolare: accanto ai corpi, dei frammenti di specchio rotto, trovati anche sulla scena del delitto di Alexandra, di David e dell'editore.

Nacquero allora, in un primo momento, dei sospetti sul padre di Alexandra, che, per vendetta, poteva aver ucciso l'editore, ma caddero subito in quanto all'ora del delitto lui era in ospedale a far compagnia a sua figlia. Anche la televisione disse che sul luogo dei delitti venivano trovati i frammenti di uno specchio rotto: stesso rituale di altri omicidi che si erano verificati in passato.

Ormai quella del serial killer non era più un'ipotesi.

La polizia americana a quel punto cercò riscontri nella

vita di Alexandra anche in Italia, suo paese d'origine, e scoprì anche che altri omicidi avvenuti in Italia negli ultimi tempi erano stati compiuti con le medesime modalità.

Il cerchio finalmente si stava chiudendo: ma intorno a chi?

Tutti gli indiziati o erano morti o erano scagionati completamente ...

Un bacio

Bianca"

Angelo sentì che tutte quelle cose che aveva letto portavano a qualcosa che stava per accadere: e non certo qualcosa di bello.

Anche se non sapeva cosa, era convinto che la vita di Bianca fosse in pericolo. Ma dove trovarla?

Tornò alla reception e chiese se poteva avere l'indirizzo di Bianca in Italia.

– Lo sa, è questione di privacy, non posso darglielo

– gli disse quel distinto signore il cui atteggiamento stava cominciando a dare sui nervi ad Angelo.
–   Vede, la signorina potrebbe essere in pericolo di vita ··· – disse ancora Angelo, mentre cominciava ad arrabbiarsi sul serio.
Ricordò allora il nome del suo amico poliziotto: Stanley.
– Mi chiami il distretto di polizia, per favore – gli chiese Angelo.
Il receptionist gli passò il telefono.
–   Posso parlare con Stanley, per favore? – chiese alla centralinista della polizia.
– Sì, glielo passo subito –
A quelle parole Angelo tirò un sospiro di sollievo.
– Sono Stanley, chi parla? – sentì dall'altra parte del telefono.
– Mi ascolti molto bene. Sono Angelo, un amico di

Bianca Guidoni. Conosco tutta la storia e so che lei è partita da qui ed ha lasciato a me, nella sua stanza al Waldorf Palace, una sorta di diario in cui mi racconta tutti i fatti. Ora ho il fondato sospetto che lei sia in pericolo di vita ed intendo aiutarla: lei sa dov'è ora? – chiese a Stanley tutto d'un fiato.

– So solo che è ripartita per l'Italia e che ··· – non fece in tempo a finire di parlare.

– Aspetti, Bianca è qui di fronte a me che sta entrando nell'albergo, comunque grazie! – terminò Angelo.

– Bianca, che diavolo è tutta questa storia? – le disse Angelo.

Le si gettò tra le braccia quasi sconsolata.

– Non lo so. Sembra che nessuno abbia ucciso mia ···

sì, insomma, Alexandra – gli disse.

– Hei, non ti ho mai vista così arrendevole: dov'è finita la Bianca "angelo vendicatore" che conosco, anche se da poco? – le chiese con fare dolce.

Prese la chiave e tutti e due salirono in camera da lei.

Lei si sedette sulla poltrona con aria pensierosa.

– Devo raccogliere le idee. Qui c'è qualcosa che è sfuggito al controllo di tutti quanti. La polizia italiana dice che non c'è nessun legame tra gli omicidi commessi là e quelli commessi qui: secondo me invece dietro tutti gli omicidi c'è la stessa mano, tu che ne dici? –

– Certo, bisogna ammettere che di cose in comune ce ne sono molte anche se non conosco bene tutti i particolari, però direi che

ora bisogna che tu riposi un po' –
La guardò in viso.
– Quanto tempo è che non dormi, bambina? – le chiese con fare paterno e insieme adulatorio.

– Non lo so, non lo ricordo nemmeno, comunque sono parecchie notti. Perchè, si vede? – gli disse lei.
– Eh, sì. Il tuo bel visino è un po' sciupato. Devi assolutamente riposare. Ora ti metto a letto e non fare storie ··· – le disse lui con l'atteggiamento di un papà con la sua bambina.
La prese in braccio e la posò sul letto.
Le tolse le scarpe, i pantaloni, la camicetta, la biancheria e le mise la camicia da notte che aveva trovato nella sua valigia: tra loro tanto, dopo quella notte, non esistevano più segreti.

Le rimboccò bene le coperte, le fece una carezza sul volto e le diede un bacino sulla fronte.

– Adesso dormi e non pensare a nulla, va bene? Se hai bisogno io sono qui vicino, nell'ufficio della mia azienda, basta che mi chiami e sono subito da te! – le disse.

– Grazie di tutto – gli disse lei sorridendo.

– Fai la brava ... – la ammonì di nuovo lui scherzosamente.

Lui se ne andò dalla sua stanza.

Lei era più che sveglia. Non riusciva certo a chiudere occhio con tutti quei pensieri.

Fissava il soffitto con lo sguardo assente.

Qualcuno bussò alla porta.

Si distolse dai suoi pensieri.

– Chi è? – domandò.

- Servizio in camera - le rispose una voce femminile.
- Ma io non ho ordinato nulla - disse lei di nuovo.
- Glielo manda il suo amico Angelo ⋯ - disse ancora questa voce fuori dalla porta.
"Ha pensato anche al mio "nutrimento" pensò Bianca.
Scese dal letto ad aprire la porta.
- Oh, mio ⋯ ma che diavolo di storia ⋯ no! no! - urlò lei e si precipitò al comodino per chiamare Angelo.
Quella donna.
Credeva di vivere in un incubo dal quale non si sarebbe più risvegliata.
Aveva una pistola in mano: pronta a colpirla.
- Questo è per lei, signorina! -
Scoprì il vassoio e c'era uno specchio.

Improvvisamente vide comparire Angelo sulla porta.

– Aiutami, ti prego – urlò a lui.

Quell'altra donna voltava le spalle ad Angelo.

Quando si girò la sua sorpresa fu enorme.

– Ma che ⋯ –

Lui cercò di dire qualcosa ma le parole gli morirono in gola quando si trovò di fronte due donne identiche tra loro.

Sì. Bianca e l'altra donna. Non si distinguevano.

– Alexandra? – chiese Angelo.

– Chi? Quella sgualdrina? No. Mi dispiace, non ha indovinato ⋯ – gli rispose sprezzante quella donna in preda ad una crisi isterica e che sventolava minacciosa la pistola contro Bianca.

- Debora, sorella di Bianca e Alexandra, piacere! - gli disse sempre rabbiosa e con la pistola in mano puntata, questa volta fermamente, alla testa della sua "rivale".
- La prego, ragioni, non può uccidere Bianca ⋯ - cercò di dirle avvicinandosi.
- Non si avvicini ⋯ - lo squadrò da capo a piedi.
- Però ⋯ degli ottimi gusti la mia sorellina ⋯ - disse Debora avvicinandosi a lui.
Era evidentemente in preda ad una crisi nervosa.
Gli accarezzò il volto, il petto e poi gli posò una mano sulla cerniera dei pantaloni.
Bianca assisteva alla scena impassibile e, in quel momento, stava per esplodere dalla rabbia.
Ma lei la teneva in pugno.
- No! Non toccarlo ⋯ - le urlò Bianca divenuta rabbiosa anche di gelosia

per quei gesti che Debora
stava facendo ad Angelo.
- Uuuh ⋯ la mia sorellina
vuole l'esclusiva ⋯ -
Angelo era impassibile.
Una maschera di pietra.
Un agente di polizia
comparve sulla porta.
- Lasci subito il signore e la
signorina ⋯ - disse
l'agente.
Debora fu colta di sorpresa
e Angelo con una mossa di
arti marziali, di cui era
esperto, la disarmò
della pistola che aveva in
mano facendola cadere a
terra e tenendola ferma.
L'agente di polizia entrò
nella stanza e ammanettò
Debora.
- Agente, per favore, si
fermi un attimo - gli chiese
Bianca.
Angelo non capì il senso di
quella richiesta.
- Ma mi dici chi sei? -
chiese a Debora.

- Il terzo incomodo ···. – le rispose lei mentre l'agente la portava via.
Vide il vassoio con lo specchio sopra.
Intanto sotto l'albergo si erano radunate parecchie macchine della polizia.
- Ma chi l'ha chiamata? – chiese Bianca ad Angelo.
Aveva ancora il viso sconvolto.
- L'ho chiamata io, signorina – il signore della reception entrò nella stanza.
- Due volte sì, ma la terza era un po' troppo ··· – ironizzò.
Lei si gettò tra le braccia di Angelo.
- E' tutto finito! – le disse stringendola forte.
Stanley entrò nella stanza.
- Stan ··· – gli disse lei, rimanendo tra le braccia di Angelo.
- Devi spiegarmi che cos'è tutta questa storia ··· – gli disse Angelo.

- Ma ··· vi conoscete? - gli disse Bianca.

- Sì, ci siamo conosciuti per salvarti la vita - le rispose Angelo.

Tutti i poliziotti che erano piombati nella stanza se ne andarono lasciando soli Angelo, Bianca e Stanley.

- Come ci siete arrivati? - chiese Bianca a Stanley.

- E' stato un gioco ··· di specchi ··· - rispose Stanley.

- Come sarebbe? - chiese Angelo.

- Sì. Tutti gli specchi come questo - cominciò Stanley prendendo in mano lo specchio che era ancora sul vassoio dove lo aveva lasciato quella pazza furiosa - ritrovati sui luoghi dei delitti erano uguali tra loro e quindi l'assassino doveva averli comprati tutti nello stesso posto. Abbiamo fatto una indagine incrociata con la polizia italiana per scoprire chi vendesse specchi di questo tipo. Siamo risaliti ad un negozio italiano, di Milano, per la precisione, che faceva questi specchi artigianalmente e su ordinazione. Ne aveva ricevuta una grossa ordinazione proprio poco prima che cominciasse questa scia di delitti. Ovviamente aveva fornito al negozio un falso nome e aveva mandato un certo ··· come si chiama ··· – si toccò il mento, pensieroso, Stanley – ah, sì ··· Pietro Sedini, a ritirare li specchi –

– Quel piccolo truffatore ··· e per fortuna che aveva smesso ··· Il lupo perde il pelo ma non il vizio, è proprio vero! – disse Bianca.

– Ma chi è? – le chiese Angelo.

– Ahhh – disse lei con un gesto della mano – è una

lunga storia –

– Insomma, ha ucciso tutte le persone che ruotavano intorno a Bianca e ad Alexandra: era la classica "figlia incompresa".
Abbiamo fatto delle ricerche approfondite negli archivi della clinica dove è nata ··· anzi, dove "siete" nate. Debora era la terza nata della contessa di Sansebastiano. Neppure lei ne è a conoscenza in quanto all'epoca fu sottoposta a cesareo e quindi non vide né sentì nulla. La terza gemella, lei, alla nascita era molto malata e i medici ipotizzarono il rischio che non ce l'avrebbe fatta a sopravvivere, di lì la decisione di abbandonarla al suo destino –

– Ma perchè Debora non fu presa in adozione come noi? – chiese Bianca.

– Non si sa. Sappiamo solo che lei è sempre vissuta in

un istituto e un bel giorno fuggì. Aveva dei soldi che aveva sottratto alla cassa dell'istituto e si prese un appartamento in affitto, poi cominciò il suo show. Il primo a cadere fu suo "padre", sì, insomma, il marito della contessa e poi via via tutti gli altri. Aveva accumulato un odio tale nei confronti di tutti coloro che l'avevano, volutamente, abbandonata, che aveva deciso di farvi fuori tutti ⋯

–

– E gli specchi ⋯. ma sì, certo. Lo specchio. L'immagine riflessa. Accidenti, è vero! Tutti i miei incubi, il quadro nella villa dei Sansebastiano ⋯ la mia casa ⋯ la storia delle sorelle: ora quadra tutto! – disse Bianca quasi sospirando.

Si era liberata da tutti i suoi incubi.

Finalmente il cerchio si era chiuso.

– Una terza sorella gemella ··· E' incredibile – disse lei ancora incredula.

Angelo la abbracciò di nuovo.

– Che dici, sarà ora che dormi un po'? – le chiese Angelo guardandola.

Aveva il viso di un gattino impaurito. Era ancora frastornata da tutta quella storia e non faceva che guardarsi intorno.

Stanley si alzò per andarsene.

– Va bene. Ti lascio in buone mani. Io vado, devo finire di occuparmi di questo caso – disse a loro due andando verso la porta e uscendo.

– Tornerà un giorno? – disse Bianca ad Angelo.

Ovviamente si riferiva a Debora.

– No, non tornerà e poi ⋯
troverà me ad aspettarla ⋯
insieme a te – rispose lui.
Lo sguardo di Bianca si
incupì di nuovo.
– Ti amo – le disse.
– Come? – domandò lei
sorpresa.
Non si aspettava una simile
dichiarazione.
– Ho detto che ⋯ ti amo! –
ripetè lui con il suo sorriso.
A quel sorriso lei non
sapeva resistere: fin dalla
prima volta che lo aveva
visto in aereo.
– Baciami – gli disse.
Lui eseguì senza discutere.
La passione di quella notte
trascorsa insieme qualche
tempo prima si stava
riaccendendo in lei.
– Quante magliette hai ⋯ –
gli disse strappandogli via
quella che aveva in dosso.

Lei lo trascinò sul letto e ve
lo gettò sopra.

– Sì ⋯ "Debora" – disse lui sospirando.
– Ti farò pentire di ⋯ – e lui la baciò facendola tacere. Trascorsero un pomeriggio di fuoco.
Si trovarono sul letto abbracciati ed accesero la televisione.
Il notiziario riferiva dell'arresto di Debora e del fatto che sarebbe rimasta rinchiusa per sempre in una clinica psichiatrica.
– Visto? Non tornerà più. Te lo avevo detto ⋯ – le disse.
– Sei davvero un "angelo" ⋯ – gli disse lei. E tutti e due scoppiarono a ridere".

Allora, diario, hai capito che storia?
Cosa ho detto a Bianca?
Beh, ben poco c'era da dire, lei era ancora sconvolta per tutto ciò che aveva passato.
Al suo ritorno non si è sentita molto bene ma per fortuna che aveva con sé il

suo amico Angelo che l'ha
accompagnata e che ora è
con lei sempre.
La sua storia certamente è
stata più complicata della
mia, però accettare con
serenità la propria
condizione credo sia la cosa
migliore se si vogliono
evitare pericolosi
contraccolpi.
In fondo ora lei vive una
vita tranquilla, come l'ha
sempre vissuta fin da
bambina, ha il suo lavoro, la
sua famiglia e un uomo che
l'adora.
La mattina in cui abbiamo
parlato ho visto che quando
è andata via aveva l'aria un
po' più serena: sì, si era
tolto davvero un bel peso.
Ora in ufficio è molto più
calma e ha ripreso a
lavorare con la sua grinta di
sempre.
– Angelica, ti devo
ringraziare per quello che
hai fatto per me ··· – le

disse una mattina in redazione attenta a non farsi sentire dagli altri.

– E che cosa ho fatto? Non ho fatto altro che ascoltare ··· – le rispose Angelica sorridendo.

– No, hai fatto molto di più ··· il fatto che esisti e sei così mi ha ridonato la forza della vita ··· –